O MITO DO MITO

DE FÃ E DE LOUCO,
TODO MUNDO TEM
UM POUCO

RITA LEE

O MITO DO MITO

DE FÃ E DE LOUCO,
TODO MUNDO TEM
UM POUCO

GLOBOLIVROS

Copyright © 2023 by Editora Globo S.A. para a presente edição
Copyright © Rita Lee 2024

Todos os direitos reservados. Nenhuma parte desta edição pode ser utilizada ou reproduzida — em qualquer meio ou forma, seja mecânico ou eletrônico, fotocópia, gravação etc. — nem apropriada ou estocada em sistema de banco de dados sem a expressa autorização da editora.

Texto fixado conforme as regras do Acordo Ortográfico da Língua Portuguesa (Decreto Legislativo nº 54, de 1995)

Editor responsável: Guilherme Samora
Editor assistente: Renan Castro
Preparação: Gabriele Fernandes
Revisão: Ariadne Martins
Capa: Guilherme Francini
Foto de capa: Guilherme Samora
Diagramação: Carolinne de Oliveira

1ª edição, 2024

CIP-BRASIL. CATALOGAÇÃO NA PUBLICAÇÃO
SINDICATO NACIONAL DOS EDITORES DE LIVROS, RJ

L519m

Lee, Rita, 1941-2023
    O mito do mito / Rita Lee. - 1. ed. - Rio de Janeiro : Globo Livros, 2024.
    184 p.; 20 cm.

ISBN: 978-65-5987-170-4

1. Fãs de rock - Ficção. 2. Ficção brasileira. I. Título.

24-92341
    CDD: 869.3
    CDU: 82-3(81)

Meri Gleice Rodrigues de Souza — Bibliotecária — CRB-7/6439

Direitos exclusivos de edição em língua portuguesa para o Brasil adquiridos por Editora Globo S.A.
Rua Marquês de Pombal, 25 — 20230-240 — Rio de Janeiro — RJ
www.globolivros.com.br

Este livro, composto na fonte Silva Text, foi impresso em papel Lux Cream 60 g/m², na Geográfica.
São Paulo, Brasil, julho de 2024.

Dedico este livro ao meu eterno namorado Rob, que sempre foi entusiasta da rita-autora-de-ficção.

E também:
A Vivi;
Aos meus netos, que cresçam felizes em um mundo que respeite os bichos e o meio ambiente;
Aos meus filhos bichos, que fizeram e fazem da minha vida mais completa;
Aos meus filhos humanos, que sempre me deram força e luz;
Ao meu filho do coração, Gui Samora, guardião do meu legado e deste devaneio;
Aos meus ídolos;
Aos meus fãs.

NOTA DA AUTORA

Comecei a escrever o esboço do que viria a ser este livro em 2005. Esqueci em alguma gaveta e ele voltou a mim em uma arrumação cerca de dez anos depois. Li e decidi reescrever. Falei com o Gui, e entre esta ficção, um livro de fotos e a autobiografia, partimos para a última.

    Alguns anos depois, o livro reapareceu para mim. Dessa vez em outra gaveta. Mistério sempre há de pintar por aí. Reli, reescrevi (mais uma vez) e mostrei para o Gui, que recebeu com seu habitual entusiasmo (obrigada por isso). Ele me deu uns toques, que aceitei na hora: afinal, porque raios eu estaria, em 2019, usando uma fictícia aparelhagem de escuta de detetives — que eu jamais saberia mexer — se já existe iPhone? Escritora-dããã.

Terminei de mexer no que ele havia sugerido — me empolguei e mudei mais coisas. Escritora-fominha. Lemos juntos, em abril, em uma noite de lua cheia. Achei que ficou engraçado. Já de madrugada, antes que Gui e minha adorável neta Ritinha fossem para casa, entreguei o livro a ele e pedi que cuidasse do lançamento, mas com uma condição: só depois de morta. Artista morto vale mais, tem uns que viram até mito. Além do mais, não quero ninguém me perguntando de meras coincidências com fatos ou pessoas reais. Escritora-mistério.

18h

AS SEIS BADALADAS

Avistei, da janela do carro, o Mosteiro de São Bento. Um pouco mais adiante, chegamos ao imponente casarão do século passado. Era lindo, mas um restauro cairia bem. Uma parte da cidade que, embora muito perto do viaduto do Chá e do Edifício Martinelli, eu não me lembrava. A porta do casarão devia ter uns quatro metros de altura de pura madeira trabalhada. Pesadíssima, mas não rangeu para abrir.

Jamais tinha visto uma sala de recepção tão escura. Apenas uma pequena luz na mesa na qual eu esperava alguma atendente, mas não tinha ninguém lá. De cara, amei aquele lugar de cheiros estranhos onde eu, sozinha, esperava em pé. A regra era clara: não poderia entrar com ninguém naquele casarão. O que estava estranhando mesmo era o fato de conversar com alguém que atendia só à noite.

Medo eu não tinha. Mesmo com todo o ar de mistério que envolvia o doutor guru. A indicação partiu de um grupo de estudos de que participo sobre os escritos de Helena Blavatsky. Todos os colegas esotéricos tentavam um horário com o milagroso médico, que promete a resposta para uma questão que aflige a vida da pessoa em apenas uma consulta. Tenho cá minhas questões, mas o que eu queria mesmo era ficar cara a cara com ele. Minha curiosidade era maior do que qualquer coisa.

Olhei, como sempre faço quando estou em dúvida, para a estrela de sete pontas tatuada no torso de minha mão direita. É a comunicação direta com minha mãe, esteja ela onde estiver. E quando ela aprova o que estou prestes a fazer, sempre me dá um quentinho na alma que parece envolver o coração. Eu sentia isso quando ela me abraçava. Sinto mais a falta dos abraços dela do que de qualquer outra coisa.

Do fundo da sala surge um senhor parecido com mordomos ingleses de filmes antigos. Tinha uma voz firme e áspera.

Rita Lee

— Sra. Rita Lee Jones Carvalho. O dr. Eric von Kasperhauss irá atendê-la em instantes. A senhora adiantou-se um pouco. Fomos bem claros com sua irmã quando dissemos que o doutor a atenderia somente após o pôr do sol. Espero que não se incomode em aguardar por alguns instantes.

Eu sabia que estava adiantada, e já roía até as unhas dos pés. Minha irmã, Vivi, bem que me avisou sobre a estranheza do horário de atendimento. Outro ponto de atenção foi o fato de que ele atende somente quem ele quer. Deixei meu nome e só depois de algumas semanas fiquei sabendo que tirei a sorte grande na loteria do dr. Kasperhauss e que ele me receberia. Preferi não contar nada para Rob e nem para os meninos. Vivi seria minha cúmplice. Uma cúmplice desconfiada, diga-se de passagem.

Para garantir que eu sairia de lá viva, bolamos um plano que nos levou de volta à infância, quando inventávamos filmes e teatrinhos mirabolantes no porão da casa dos meus pais. A saber:

a) Vivi estudou o local e viu uma comunidade neo-hippie nos arredores, com suas barracas de camping em um largo logo atrás do casarão, onde vendiam artesanatos.

b) Ela, então, levou um monte de porcarias que juntou na vida — como pedaços de bijuterias, paninhos, pedras, plásticos coloridos — e propôs a partilha: eles poderiam ficar com aquele "tesouro" se ela pudesse ficar instalada por lá durantes algumas horas. Trato feito. Barraca de camping de Vivi, devidamente vestida com roupas ripongas de meu guarda-roupas, armada.

c) No interior da barraca, ela ficou com seu iPhone, e eu com o meu. Fizemos uma ligação do meu telefone para o dela, colocamos fones com microfone e nos ouviríamos sem problemas. Disse a ela que, em último caso de pane tecnológica, procurasse João ou Gui, os únicos que teriam paciência com uma velha analfabyte.

Sabia que Vivi ficaria arrancando pele dos dedos com aquele alicatinho de cutícula. Eu? Ficaria rezando para a mana não soltar muito as asinhas, já que teria que ouvi-la, sem poder retrucar. E torceria também para que ela não se aproveitasse da situação para ficar falando mal de tudo, sabendo que eu não poderia contestar. No caminho, bem que a vi munida daquelas garrafinhas com conteúdo de que nem posso chegar perto, senão perco toda minha pontuação nos Alcóolicos Anônimos. Lembrando que Vivi me dá umas duras homéricas quando descobre alguma pílula proibida. Depois, enfia na bolsa e leva embora. Para ela, claro. Mas voltemos ao "grampo das hermanas", senão me desconcentro do motivo que me trouxe aqui.

Realmente, não sei domar minha ansiedade, ainda mais quando estou em busca de soluções e aventuras, então lá fui eu invadindo o pedaço antes da hora marcada. E minha cabeça não parava. Com esse nome, o cara só podia ser germânico. Eu adoro conversar com pessoas que têm sotaque, acho chique. De alemão, sei falar pouquíssima coisa. Um "bom-dia" ou "boa-noite" e alguns palavrões. Caso ele não fale nada de português, resta-nos o inglês, que até os ETS sabem.

Sentei-me numa ampla e confortável poltrona e pus-me a observar o que conseguia naquela penumbra. Para testar nosso grampo, fui descrevendo baixinho o cenário para Vivi. Objetos antigos, quadros enormes nas paredes, cortinas pesadas e escuras vedando as janelas, mostrando que a luz não era bem-vinda por ali. Fiz o teste do dedo na mesinha ao meu lado, e não detectei nenhum grãozinho de poeira.

O MITO DO MITO

— Uau. Um ambiente clinicamente limpo. Será que era o James quem cuidava disso? — disse a mim mesma.

— Ou alguma governanta russa que mandaria para a Sibéria qualquer vestígio de pó? — sugeriu Vivi no grampo. Dava para ouvi-la perfeitamente. Como o ponto funcionava bem, falei para ela relaxar que eu estava atenta e forte. Qualquer esquisitice mais esquisitona ela ouviria e entraria em ação.

Uma coisa eu notei: não havia nenhuma dessas revistas de sala de espera, geralmente velhas e caindo aos pedaços, com folhas arrancadas pelos fãs de alguém. Fãs. Aquela ideia fixa bombava em minha cabeça. Fãs, fãs, fãs.

Lembro que ficava afoita com as histórias de quando minha irmã mais velha, Mary, ia aos programas de rádio se esgoelar por algum famoso. Eu tenho ídolos e entendo a importância deles em minha vida. Mas algo me incomodava nessa seara. Esse tema estava me rondando muitas vezes nos últimos tempos e nunca encontrava alguém que me desse uma óptica positiva sobre o assunto.

E ali estava eu, sentada na sala de espera lúgubre daquele casarão. O que posso dizer é que sentia uma paz em que não me via há um bom tempo. Não sei se era a poltrona, que parecia me abraçar, me acariciar.

Rita Lee

Ou seria aquela penumbra e a total falta de ruídos? Nem parecia que estávamos mesmo no centrão de São Paulo.

Senti uma presença, mas não consegui ver ninguém. Minhas pálpebras estavam pesadas. Tentei acender o milésimo cigarro do dia, só que não tive forças para a ação, mesmo porque também não havia um cinzeiro por perto. Fumantes educados entendem as entrelinhas.

19h

AS SETE BADALADAS

Dei um pulo, como se estivesse acordando repentinamente. Já não estava na poltrona, mas numa espécie de chaise longue, também muito confortável. Eu esperava um dr. Eric perto de seus setenta anos, só que estava diante de um jovem, de pele bem branca, pálida e lisa. Parecia um poeta de séculos passados. Seus olhos estavam fixos nos meus e pareciam querer me atravessar. Ah, aquele ali não conseguiria me enganar jamais. Vou deixá-lo pensar que acredito ser apenas um psiquiatra.

— A senhora descansava levemente na sala de espera, e pedi que meu assistente te trouxesse até aqui para conversarmos quando despertasse. E assim pude observá-la.

Eu não conseguia abrir a boca para responder.

— Fique tranquila. Por enquanto eu falo, depois a senhora, ou melhor, acho que prefere ser tratada de você.

— Dr. Eric, eu presumo. Não esperava alguém tão jovem.

— Não se engane pelas aparências. No decorrer de nossa conversa você poderá tirar suas conclusões. Muito provavelmente já fez análise outras vezes.

— Já enlouqueci muitos de seus coleguinhas. Nenhuma entidade protetora de psiquiatras lhe mandou algum aviso alertando sobre minha pessoa?

— Só enlouquece quem tenta decifrar. Melhor tentar entender. Mas gostaria de saber os detalhes daquilo que imagino ter trazido você até aqui. E é o que deve estar enlouquecendo você. O enigma do fã. Do mito.

— Mas, mas... eu não disse nada sobre o motivo da minha visita. Por acaso minha irmã, quando marcou a consulta, falou algo?

— Deixe sua irmã fora disso. Geralmente sei o que move as pessoas. E, quando elas aparecem por aqui, é porque já procuraram muito sem terem se convencido do pouco que acharam.

Rita Lee

— E você já querendo me culpar, né sua besta! — responde o grampo lá da comunidade hippie.

— Somos profissionais, nós dois. Esqueçamos as preliminares e vamos direto ao assunto: você foi fã durante muito tempo antes de virar um ídolo?

— Claro, claro. Meu curriculum vitae de fã inclui desde lamber maçanetas de portas até descolar em 1955 o certificado de sócia do Fã-Clube das Viúvas de James Dean. Conheço bem o métier de colocar um deus do Olimpo no altar do coração só para fornecer um quentinho na alma gelada de nós, mortais. Atualmente, sei que sou uma fã tentando me aprimorar na arte de não dar bandeira na frente do artista por quem alimento extremo desejo de comer todinho. Ajo de acordo com a ritualística transmitida oralmente pelos fãs-magos do oriente. Continuo firme e forte me arrepiando com as aventuras dos meus queridinhos do passado. Há fotos deles por toda a minha casa.

— Entendo... Mas nada disso me parece uma questão para você.

— E não é. Bem...

— Me diga, qual a questão que te aflige?

— Eu também sou uma espécie do que se pode chamar de artista...

— Prossiga.

O MITO DO MITO

— E eu acho que posso estar enganando meus fãs. Pronto, falei.
— Interessante. Agora, vejo que estamos chegando a algum lugar.
— Minha humildade na lista do camarim vem dos meus tempos de anonimato. Consta de: água mineral sem gás, frutas da estação, banheiro limpo e uma boa iluminação. Também não sou de fazer lista de trocentas toalhas brancas por não me sentir exatamente merecedora disso. Não que fosse fazer esse pedido, de qualquer forma.
— Quem seria merecedor de um camarim com a infinidade de toalhas brancas?
— Ah, todos os meus ídolos! Carmen Miranda, Brigitte Bardot, James Dean...
— E você?
— Eu, não.
— Você acha que é melhor ser fã ou ídolo?
— Se equivalem no prazer. Eu confesso que amo descolar alguma novidade de meus ídolos, assim como meu rabinho abana quando um jovem diz que minha música deu novo sentido à vida dele.
— E o que te move?
— No momento fã ou ídolo?
— No momento presente. O que veio fazer aqui?

Rita Lee

— Nestes cinquenta anos de música, não me sinto uma cantora. Nada disso. Tenho quase que uma certeza de que estou desempenhando um papel e as pessoas acreditam nele...

— E, nesse ponto, você acredita estar enganando seus fãs...

— É por aí. Talvez, desempenhe bem o papel de boba da corte com este meu jeito ginasiano de interpretar os mistérios da vida. Posso confirmar vários sucessos inesperados nos meus anos de estrada. E também alguns fracassos, porque que a gente não é sempre essa infalibilidade que muitos fingem ser. E o que seria de um sem o outro ninguém sabe. Um mundo onde todos sejam artistas é bocejante. O contrário também. Para o funcionamento perfeito desta engrenagem geradora de carinhos e ódios mútuos trouxe aqui uns manuscritos básicos, colecionados ao longo de séculos. Quem sabe o senhor me diz se minhas mazelas merecem consideração e quem sabe esta conversa ou consulta, sei lá, possa evitar que o fã de ontem se transforme no Mark Chapman de amanhã, assim como a simpática deusa de hoje não se torne uma inacessível Greta Garbo do futuro.

— Você sabe como qualquer terapia funciona. Ficarei aqui assistindo você se convencer de algumas verdades e mentiras que já está cansada de saber. Tentarei apenas deixar as portas abertas.

— E pelo visto as cortinas bem fechadas.

— Você vai entender meu método. Deve estar pensando como vai ser chato vir aqui para todas as sessões, não lembrar direito onde paramos na última, coisas assim. Mas meu método é diferente. Ficaremos conversando até que um de nós dois convença o outro de algo que valha a pena.

— Gostei. Desculpe, mas estava até pensando que minha hora já havia acabado e que eu sairia daqui de mãos abanando. Então voltemos ao assunto.

— O espaço é seu. Faça o que quiser.

20h

AS OITO BADALADAS

— Vou ler uma primeira anotação que fiz: "A palavra 'fã' vem de 'fanatic', digamos que seja quem se locomove fora dos holofotes da mídia. Já artista é gente esquisita mesmo, uns mais, uns menos, mas todos esquisitões. Comenta-se no mundo do fã que o famoso tem ego exacerbado, gosta de puxa-sacos à sua volta, não enxerga os próprios defeitos e se considera importante demais para ficar longe da mídia por mais de vinte e quatro horas. Artistas aproveitam a crise para criar ou morrer. São deuses do exagero. A honraria que o povo lhes presta é a de um rock-santeiro-santo--roqueiro, desses que redimem a novela da raça. Ao engolir o veneno do fracasso o único antídoto para o deus sobreviver é uma superdose de autoestima. Eu me amo, eu me amo, não posso mais viver sem mim. Desconheço se artista em crise compra livro de autoajuda, mas se não tiver de onde tirar leite de pedra, fatalmente entrará para o Guinness do clichê: *overdosis y muerte!*".

— Sendo que muitas vezes as overdoses são só doses, ou seja, grandes o suficiente para chamar atenção, pequenas para não levá-los de vez. Será que você já não fez isso?

— *My dear*, eu não seria tão incompetente. Se quisesse mesmo partir desta pra melhor, seria em grande estilo. Já derrapei algumas vezes, mas foi por acelerar em curva molhada.

— Entendo. Continue sua explanação.

— Minha fã-interior, por exemplo, acredita que Jimi Hendrix foi abduzido e Carmen Miranda vive hoje em Shamballa. Já notou como artista adora dermatologista e "personal" qualquer coisa? Há, porém, os que deixam suas pelancas desabarem e continuam belos faraós. O espelho da madrasta não está nem aí se ela envelhece. Artista, fã e espelho dão samba, funcionam como oráculos mútuos. E tem aquela coisa de artista: uma vez majestade, sempre pensar que é majestade.

Rita Lee

Não é que o deus seja viciado em néons, paetês e lantejoulas. Ele é deus, ora bolas.

— Mesmo que tenha os pés de barro.

— Pés de barro, mas com muita purpurina. Um dos momentos trágicos na vida de um astro é quando ele se sente deletado dos corações humanos. Certa vez, vi um documentário com entrevistas com ex-astros da mídia patropi e suas andanças pelo mundo do anonimato, ascensão e queda do império intergaláctico. Relatavam a experiência comum de terem sido reis num dia e praticamente invisíveis no outro. Lembrei quando Linda e Dircinha Batista foram encontradas numa situação de total e absoluto abandono existencial. Um cantor contou que depois de perder família, trabalho, amigos, sete jaguares e três mansões, virou alcoólatra e quase se suicidou. Outra, lembrava de quando tinha poderes e seu telefone não parava de tocar, mas então o mundo ficou mudo desde que ela sumiu do oba-oba. Quando apareceu a figura de um ator abandonado num asilo, deu vontade de pegar o velhinho no colo e sossegar a cabecinha branca. Lá estava ele, bravamente à espera de um convite para voltar à TV. Eu fiquei pensando quando chegaria minha hora. Uma estrela só deveria se aposentar quando lhe dessem o chazinho da meia-noite. Mas não é bem assim que nossos ma-

O MITO DO MITO

nuscritos contam. Não entendo por que a gente é tão apegada à vida.

— Não é tão complicado. Já teve contato com o final de vida alheio?

— Visitei uma vez, séculos atrás, o Retiro dos Artistas no Rio de Janeiro, onde residem astros e estrelas do antigo sistema solar. Imaginei-me um dia morando lá, fantasiada de Miss Brasil 3000 e botando fogo no asilo no melhor estilo Jailhouse Rock. Pretendo investir mais nessa Ilha de Coroas. Proponho um hospital-asilo para abrigar fãs idosos desamparados, cuja terapia será relatar uns aos outros suas fanáticas aventuras do passado no maior respeito à caducagem. Continuando no tema hospital, mas fugindo do foco, lembrei agora uma história emocionante que aconteceu em Curitiba. Posso contar?

— Sou todo ouvidos.

— Então. Depois de um show no Teatro Guaíra, apareceu no camarim uma senhora muito simpática me pedindo um grande favor. Um garoto que era superfã meu estava internado no Hospital do Câncer e pouco tempo de vida lhe restava. Não tinha família e ninguém sabia como veio a me idolatrar tanto. Ela me pediu encarecida para lhe fazer uma rápida visita, que isso traria a ele imensa alegria. Eu, que era fã de Lady Di, me inspirei nela. Dia seguinte a tal senhora passou no hotel e me levou. Na ala infantil encontrei pelo corredor principal um monte de carequinhas sorridentes. Paramos na frente de um quarto fechado e a enfermeira avisou: "Por favor, não demonstre susto ao olhar o Carlinhos, ele fica muito constrangido com a aparência dele. Não quer mais sair do quarto e respeitamos suas razões". Ela entrou primeiro anunciando uma visita surpresa. Quando vi o estado do rosto dele, entendi. Carlinhos parecia um passarinho disforme. Ao me ver, pude notar um esboço de sorriso, ficou repetindo meu nome como se não o estivesse acreditando. Senti que o moleque realmente estava feliz pra caramba e, sem muita cerimônia, perguntei se conhecia a história do Homem Elefante, que também sofria da mesma doença dele. Não conhecia. "Ah, então eu vou contar." E a visita que era para ser rápida durou horas. Na saída, prometi mandar o vídeo do filme, e Carlinhos pediu também uma foto autografada. Não quis tirar foto comigo. Dias depois me avisaram de sua morte. Lá se foi meu passarinho-elefante.

— Tudo acontece assim porque o tema fim da vida toma conta de todas as aspirações anteriores e aterroriza a todos... Quando você diz que faz o papel de cantora há cinquenta anos, o que isso pode causar de tão ruim?

— Comecemos considerando a possibilidade de um ídolo ser o oposto daquilo que imaginam. Um elemento esquisitão pode esconder por trás a mais mansa das criaturas, assim como o superbacana se revelar um assassino. Ozzy Osbourne, que já comeu a cabeça de um morcego no palco, é um amoreco de pai e não fala coisa com coisa, o vovô da família. Já o atleta herói O.J. Simpson não pensou duas vezes antes de trucidar a antiga companheira e seu amiguinho. Fã leva cada susto. Digo isso porque sei do que estou falando. Charles Manson não me deixa mentir.

— E o que acontece atualmente?

— Nunca houve uma época com tanto paraquedismo artístico como a de agora. Não dou conta de conhecer todos os famosos de todas as áreas. Tem de tudo por aí, e tudo bem. Não dá para ficar parado no tempo. Mas, com tanto pavão para pouco galinheiro, tenho um conselho para o fã moderno: tenha mais discernimento na escolha do seu famoso e exija o selo de garantia dele, ou alguma prova de que você está consumindo um produto cuja validade do talento ultrapasse os quinze minutos de fama, que hoje foram reduzidos para cinco.

Rita Lee

Depois de vários resmungos e lamúrias, dessa vez, Vivi se manifesta:

— Vamos parar com esse lenga-lenga. Encerre essa conversa e saia daí. Isso não vai levar a nada.

Mas eu continuei, ou não me chamaria rebelde sem causa.

O MITO DO MITO

21h

AS NOVE BADALADAS

— Meus primeiros ídolos foram Peter Pan, Lassie e Rin Tin Tin. Enquanto fã, me sinto parte de um apostolado excêntrico. E até hoje me imagino num mundinho habitado por mim e pelos três. Mesmo que...
— Que...?
— Bom, Peter Pan vai sempre ter a chata da Wendy pendurada nele. E, com o tempo, percebi que praticamente escravizavam os cães que interpretavam Lassie e Rin Tin Tin, e isso me dói na alma. Mas sinto que eles são tipo santinhos para mim, entende? Me trazem sorte e proteção.
— E seus fãs?

— Meus fãs também me trazem sorte. Eles são carinhosos, amorosos.

— Todos eles?

— Hmmmm... Pensando bem, existe o fã-encosto do tipo, "'ni qui' pinta no pedaço", rola blecaute ou o cenário despenca. Mas, no geral, emociona sentir os corações fanáticos.

— E quando aparece uma nova cara para roubar velhos fãs de velhos ídolos?

— Não acho que velhos fãs são seduzidos por novos ídolos. Falando por mim, acredito que fãs de verdade permanecem fiéis tanto na saúde e na riqueza quanto na doença e na pobreza do ídolo. Por exemplo, o encontro entre fãs e artistas pode mudar o curso das águas. Em camarins, há um momento muito aguardado por ambas as partes, e cheio de tensão. Para o senhor ter uma ideia do quanto evoluí no quesito fã-bacana ao longo dos anos: estava tudo produzido para meu encontro com David Bowie no camarim do Olympia de São Paulo. Minha fã-xiita-interior estava a um passo de conhecer aquele deus da mídia planetária. Passei por uma ansiedade saudável. Certamente, não podia perder o controle e pular no pescoço dele. Tinha que segurar a franga ao máximo. Como já possuía boa experiência no mundo dos deuses, o primeiro passo foi acalmar meu bicho através do teletransporte. Me lembrei do filme *Quero ser John Malkovich* e visualizei Bowie pensando: "... putz, que saco trazerem uma cantora brasileira para me conhecer no camarim, nem sei quem ela é... Vai me presentear com um disquinho que provavelmente nunca vou ouvir... Tomara que a coisa seja rápida para voltar logo ao hotel e tomar um banho..." Retornei ao meu corpo físico e recompus o santo. Imediatamente a epifania acontece e me assisto presenteando Bowie com um cristal phantom em silêncio absoluto. E assim foi: entrei no camarim, apertei sua mão direita enquanto a minha esquerda colocava o phantom na esquerda dele, a mão do coração. Bowie observou a pedra mágica durante uns quinze segundos, depois se virou para mim: *"This is very powerful, thank you so much!"*. Sim, aquilo era poderoso, e ele me agradecia por isso. Fiz uma reverência com a cabeça e quando já ia me retirando o deus me deteve levemente pelo braço e me beijou o rosto. Assim, saí do camarim calmamente. Vou pular a parte da minha histeria no banheiro feminino do Olympia.

— Que você pichou com batom na parede: "Ele sabe que eu existo!" — me lembra o ponto. Vivi estava comigo quando os seguranças da casa me retiraram não tão gentilmente do banheiro.

— Existem pessoas que só se satisfazem ao pegar algo mais palpável do objeto de desejo.

— Tem fã que acha estar fazendo um grande negócio, mesmo sabendo estar numa fria danada, mas ele adora se enganar com isso. Lembro um fato em que me enquadro em gênero, número e grau nesse quesito. Cheguei a pagar uma nota preta por uma suposta bituca de cigarro que teria sido fumada pelo beatle George Harrison, no Madison Square Garden, em 1965. Um fã-marchand coletou a obra-prima que num belo dia acabou me aparecendo pela frente. Naquele tempo a vida de fã-colecionador rendia uma grana boa, mesmo o artigo sendo falsidade total. Provavelmente a bituca de Harrison era fake mesmo, mas por uns tempos exibi muito o troféu e ainda consegui um bom lucro na revenda.

— Mas é bem provável que façam isso com coisas suas.

— Não me importo. Outro dia me contaram que um fã, não sei de onde, descolou um item inédito meu: um fino pedaço da pele das costas que teria sido descascada devido ao sol forte que andei pegando em algum hotel do nordeste na turnê do *Flerte fatal*, circa 1830.

— Mas você já fez esse tipo de coleta de alguém conhecido, depois de famosa?

Rita Lee

— Fiz, sim. Séculos atrás, Sonia Braga e eu fomos convidadas a participar de um jantar em homenagem a Bill Clinton no Palácio da Alvorada, e é claro que fizemos questão de seguir o exemplo dos Beatles no banheiro da rainha, se é que me entende. Depois do ritual cannabilístico, borrifamos perfume no local e retocamos nossa maquiagem. Nessa ocasião, roubei o lencinho onde La Braga imprimiu o excesso de batom. Literalmente eu não podia perder aquela boquinha.

— Posso ver uma dessas suas anotações?

— Claro. Quem sabe não chegamos a algum lugar? Aqui está vai uma historinha dos velhos tempos.

Nisso, Vivi já está no fone falando:

— Não se esqueça de pegar tudo de volta antes de sair, esse cara pode muito bem ser um jornalista disfarçado.

Meu tipo inesquecível

Hebe, a rainha da minha rua.

Eu devia ter uns nove anos. Estava chegando arrasada da escola com uma nota zero no boletim quando me deparo com uma mul-

tidão a poucos metros da minha casa. Entre as pessoas, lá estava minha mãe excitadíssima me acenando: "Venha ver! Venha ver!".

No caminhão-palco estacionado no meio da rua um conjunto regional tocava os primeiros acordes anunciando a presença da estrela da tarde. E foi assim que linda de viver, de cabelos castanhos ondulados até os ombros e uma pinta marota no queixo, Hebe Camargo surgiu num vestido rodado bem anos 50 cantando toda brejeira o sucesso "Beijinho doce". No final de cada música o povo emocionado gritava: "Hebe! Hebe! Hebe!".

Os comentários eram unânimes:
— "Só uma rainha pra cantar de graça!"
— "Ela é bem mais bonita pessoalmente!"
— "Se eu fosse Mazzaropi, casaria com ela!"
— Muito melhor que Marlene e Emilinha, juntas!

Mas a noite chegou e sequestrou Hebe da minha rua. Fui dormir com a última música que ela cantou e adaptei a letra à minha realidade: "Se essa rua/ Se essa rua fosse minha/ Eu mandava/ Eu mandava ladrilhar/

Com pedrinhas/ Com pedrinhas de brilhantes/ Para ver/ Para ver Hebe cantar!".

Até hoje, sempre que participo do programa dela me sinto aquela menina de nove anos diante da majestosa rainha da minha rua. Por isso, quando encontro Hebe, me ajoelho aos seus pés. Não é encenação nem puxação de saco. É para agradecer por aquela tarde inesquecível que, entre outras benesses, fez minha mãe relevar o zero que tirei na escola!

— Certo... passemos para outro tema. Você, ou a senhora, não me lembro o que combinamos como forma de tratamento, já esteve em vários daqueles festivais coletivos, onde ídolos e fãs se trombam em todos os lugares e fazem as coisas mais estapafúrdias possíveis. Tais como Rock in Rio, Saquarema, Hollywood Rock. Tem alguma lembrança?

— O senhor está livre para me tratar de você, senhora, madame, fica ao sabor do seu momento. Mas me parece que o doutor já conhece bastante sobre minha carreira musical.

O MITO DO MITO

— A madame resolveu colocar uma vitrine como parede de sua vida. Fazer o quê?

— Mas saiba que, por mais transparente que a vitrine seja, o pior mesmo é lidar com a imaginação fértil de alguns. Para citar apenas um exemplo, veja você, quer dizer o senhor, que quando fui fazer reconhecimento do campo no primeiro Rock in Rio tive a infeliz ideia de botar uma peruca preta para não revelar meu novo corte, que seria apenas para o show. Dia seguinte neguinho já estava jurando de pés juntos que o uso da peruca foi devido à calvície causada pela quimioterapia. Aquela era a prova definitivamente de que eu estava com leucemia, sim, e não adiantava mais esconder, mesmo porque os generosos organizadores do evento prestariam a última homenagem em vida à rainha do rock.

— E os fetichismos dos artistas?

— O senhor... Ah, deixe-me chamá-lo de você, vai, um rapaz tão jovem. Pois bem, você já deve ter ouvido falar na mania estranha que artista quanto mais famoso fica, mais coleciona sapatos. Aquele efeito colateral Imelda Marcos. Geralmente são artistas de origem humilde, desses que já viveram em pensões de trato não muito fino. Uma curiosidade engraçada que uma bela e famosa atriz me confidenciou é que o primeiro passo para idealizar seu personagem está no sapato. Ela possui uma coleção deles funcionando como verdadeiro laboratório de pesquisas espaciais. O fã deverá tomar muito cuidado se quiser presentear seu artista com sapatos. De preferência abolir definitivamente esse mimo da lista. Não lembro porque entrei no assunto sapato, mas onde é que estávamos mesmo?

— Perguntei sobre fetiches. Sapato não é fetiche só de famosos. Deixemos os sapatos e voltemos para as pessoas. E aqueles que têm uma grande vocação para serem notados, mas quando prestamos atenção não valem a pena?

— Grande vocação e nada de talento resulta em artistas-bonecos-de-ventríloquo. Por sua vez, um talentoso com zero de vocação não aguenta a pressão por muito tempo e parte para outra profissão. Mas existem as celebridades planetárias, que nascem com ambas as virtudes, dr. Karl.

— Kasperhauss, madame.

— Esse alemão tá se achando, vai ver o nome dele nem é verdadeiro. — Demorou pra Vivi começar com as implicâncias.

— E a madame? Onde se encaixa nisso?

— Aí que fica a pergunta: será que sou uma fraude? Por várias vezes, foi através da interpretação de um fã que eu tenho que compreendi o significado de uma poesia minha.

— Interpretações podem variar.

— Hmmm. Não sei. Talvez seja melhor atriz do que cantora...

— Você falou de coleções de sapatos... E como são suas coleções?

— De 1955 a 1965, recebia anualmente os três calendários oficiais do Fã-Clube das Viúvas de James Dean. Eram muitos calendários. Parei de receber porque em minhas, digamos, crises de amnésia momentâneas, devo ter me esquecido de pagar as mensalidades e adeus.

— Que mentira, os calendários eram meus, sua vaquinha! — o grampo me flagrando, e eu lá, sem poder desligá-lo. Para acalmar os nervos da mana emendei numa historinha paralela pela qual ela poderia se interessar.

— Sabia que James Dean era canhoto? Pois é, assim como você, doutor. E desde então minha irmã Virgínia e eu temos paixão por gente canhota. Até chegamos a treinar nossas mãozinhas esquerdas nas mais variadas tarefas como escrever, escovar os dentes, manejar talheres, virar páginas, discar telefone. Eu fiquei tão craque que hoje nem me lembro mais como é comer com a mão direita.

— Volte a falar de suas coleções...

— Certa vez cheguei em casa e me deparei com todas as lembranças DELE esparramadas e rasgadas pela casa toda. Minha gata preta, Sophia, fez do meu baú jamesdeaniano o ninho perfeito para dar cria. Corcunda de dor feito Madre Teresa de Calcutá fui catando as migalhas e chorando. Colando uma coisinha ou outra. Depois, como Sophia significa Sabedoria, entendi que não existe ninho mais perfeito do que fotos de James Dean.

— Então foi esse o final das MINHAS relíquias! E você me contava aquela historinha que perdeu o baú dele na mudança. Te pego na saída, sua... — Putz, eu ouvia o esporro quando eis que o doutor faz uma pergunta pra lá de desclassificada.

— Mas por que essa queda toda por um ator que quase não fez nada artisticamente?

— Agora eu vou entrar aí e arrebentar a cara desse cara — ameaça o grampo.

— Segura a onda.

— O que foi que a senhora disse?

— Nada, não. Às vezes penso em voz alta. Mas eu faço questão de responder a sua pergunta absurda.

O MITO DO MITO

— Isso aí, manda esse filho da puta praquele lugar e dá porrada nele! — O grampo tinha toda razão, vontade não faltava, mas me segurei na elegância.

— Como você, o senhor, o dr. Kasper, os eskimbau, ousa falar DELE dessa maneira? James Dean morreu jovem para viver para sempre, daí que quase nem teve tempo de passar de fã a ídolo! Os três filmes que fez foram verdadeiros manuais de atitude para a juventude da época e as que se seguiram. Em todas as biografias DELE consta sua imensa admiração por duas pessoas: Marlon Brando e Montgomery Clift. Existe uma foto dos três juntos onde Dean dá a maior bandeira de estar se realizando. E Brando nem aí pra ele, babaca.

— "Morreu jovem para viver para sempre." Essa é uma boa desculpa para quem fica.

— Vou fingir que não ouvi sua provocação, só porque você é canhoto.

— Lembra de mais algum famoso fã de famoso?

— Vários. Marlene Dietrich mudou-se para uma casa colada na de Greta Garbo. Dizem que ficava espiando pelo muro para saber o que a outra *femme fatale* estava aprontando. Contam ainda que acabou até rolando um rock das aranhas entre Dietrich e Garbo. Bette Davis e Joan Crawford eram inimigas íntimas e tratavam os fãs malissimamente mal, em especial se eles fossem os da outra.

— Fala daquela cantora mala que se diz sua fã e que pegou carona em busca de prestígio. — O grampo já estava praticamente fazendo a consulta.

— Vou mudar o vetor. Que maravilha eram os bailes de Carnaval dos anos 50 quando estrelaças de Hollywood vinham dar o ar da graça e eu já arrastava minhas asinhas pra cima de Elvira Pagã e Luz del Fuego. Esperava uma eternidade até a revista *O Cruzeiro* chegar às bancas para ver as fotos coloridas das duas divas nacionais fantasiadas de Eva. Essas divas carnavalescas nunca me deixaram na mão e sempre roubavam a cena dos gringos.

— Posso dar uma olhada nessa anotação sua?

— Claro. Essa é uma letra que fiz para outra musa eterna, mas até hoje não se transformou em música.

— Assim que ele ler, pegue de volta, não esqueça — disse o grampo no comando.

Dercy Beaucoup (1847)

Pegou carona na Arca de Noé
No Egito, encantou o Faraó
Seduziu os monges do Tibet
Tem balacobaco no borogodó
Foi garçonete na Santa Ceia
Mostrou peito, bunda e xibiu
A veia tem nitroglicerina na veia
Centenária rainha do Brasil
MercyDercy
Doidivana Diva
Nossa Senhora do Desbum
MercyDercy
Dama da noite sempre viva
Deusa patropi número um

Rita Lee

22h

AS DEZ BADALADAS

— O que você acha que é um fator indiscutível que leva alguém a ser fã de outra pessoa?

— No meu entender de fã, um artista-gênio merece todo e qualquer sacrifício. Falo daquela situação pré-delirium tremens, chegando de ônibus ao local do show, pegando fila para comprar ingresso e nem sempre descolando um bom lugar. Se tiver muita sorte, vai chegar até o camarim através de um camarada da produção. E, em alguns casos, até prestando certos "serviços" para isso.

— Me parece ter conhecimento de causa.

— Bem... quando Alice Cooper veio ao Brasil em 1975 passei um xaveco no roadie de palco para entrar no backstage depois de ver o cara chacoalhando duas pobres cobras. Chegando lá, sequestrei as duas bichinhas dele e saí à francesa. Eram meros objetos de cena, não rolava amor algum. Também não fiz a menor questão de conhecer tia Alice pessoalmente. Fã--decepcionado muda de ídolo.

— Mas tem relação fã/ídolo em outras áreas, além das artísticas?

— Claro. Deixe-me falar de um tipo usando outras searas. É o fã-tantã — que é aquele maluco que utiliza de seus fãs para fazer coisas dignas de vilões de filmes. Ultimamente, no Brasil inclusive, o que tem de político fã-tantã de Hitler que era fã-tantã de Napoleão que era fã-tantã de César... Desses tipos, quero distância.

— E do que você queria proximidade?

— Ah, são tantas emoções, nem sei por onde começar. Quando eu era pré-adolescente, aos sábados dava plantão na porta da TV Record para espiar a entrada dos artistas. Cada dia acontecia um programa ao vivo, e sábado era o da Grande Ginkana Kibon. Meu lugar era na fileira da frente, encostada no cordão de isolamento. Chegava horas antes para contemplar os famosos bem de perto. Idalina de Oliveira era mais bonita pessoalmente, mas Vicente Leporace parecia mais velho ao vivo. Como fã-bico, eu não tinha a menor intenção que os artistas soubessem da minha existência. Certa vez, numa sequência de sortes invasivas, fui parar cara a cara com uma porta onde se lia: "Guarda-Roupa Astros do Disco". O programa *Astros do Disco* acontecia às quartas-feiras. Entrei sem bater e sem ninguém para bater em mim. Filas de araras penduravam vestidos de gala, tuxedos, chapéus exóticos, perucas, joias e sapatos. Muitos e muitos sapatos. Lá estava eu feito Alice na toca do coelho, Dorothy no castelo de Oz e Emília com a Chave do Tamanho. Se minha vida mudou depois, não sei. Romanticamente, quero crer que uma chave foi ligada ali.

— Isso pode ter sido de grande influência. Quando essa lembrança voltou à tona?

— Acho que foi mesmo. Anos depois aquela aventura me veio à cabeça justamente durante os ensaios de *Build Up*, no Teatro Manchete, no Rio. Naquele ano de 1970, a Rhodia produzia um desfile-teatro-show contando a história de uma fã-Cinderela que no final ocupava o trono da Top Model do ano. A fã-Cinderela era eu. Tive certeza de que o Guarda-Roupa Astros do Disco foi presente da minha fã-máquina-do-tempo, aquela que passou por Peter Pan, Lassie, Rin Tin Tin...

O MITO DO MITO

— Quem mais seriam seus ídolos de infância?

Os heróis da minha infância eram todos do mundo da fantasia. Emília me causa impacto até hoje. Na época, era lei infantil saber de cor e salteado o jingle que o indiozinho dos biscoitos Aymoré cantava: "Eu sou um índio camarada, amigo da garotada".

— E como você vê os fãs-crianças de hoje?

— Essa não, agora vai ficar nesse blá-blá-blá sobre criança? Tô fora, câmbio. — Vivi nunca foi fã de crianças. Interpreta o aviso no trânsito "cuidado crianças" como um alerta para ELA não sofrer com a proximidade de nenhuma peste.

— Madame?

— Ah, desculpe. Às vezes dou umas desligadas. Mas para cada fase da nossa vida haverá de existir um ídolo-herói, com álbum de figurinhas e outras coleções. Os guris e as gurias de hoje parecem que passam batido pela etapa dos clássicos da fantasia. Pulam direto para os famosos da mídia adulta. Eu exigi pra caramba dos meus ídolos. Pelo menos, tinham que saber voar.

— Você, então, admite que seus ídolos precisam ter superpoderes? Ou, pelo menos, fingir que têm?

— Eu aprecio quando a mídia planetária volta e meia divulga uma figura-chave, dessas que abrem portas e janelas da percepção para uma nova seita.

Rita Lee

A fã-esotérica que habita em mim ainda se antena em papos de ídolos-profetas, mesmo sabendo que na maior parte das vezes não vai dar em nada. Por isso, a fiz passar por experiências guruzísticas que deusmelivreguarde. Um tempo atrás, apareceu pelas bandas e bundas artísticas um guru que vertia perfume das mãos, entortava metais sem tocá-los, fazia chover raios coloridos do céu; minidiscos voadores surgiam pelos quatro cantos do lugar onde ele estava e mais uns trocentos outros "milagres". A primeira vez que meu namorado Roberto e eu testemunhamos aquelas maravilhas pensamos seriamente em abandonar a música e entrar para seu apostolado, que o seguia cegamente. Nas duas primeiras visitas ao sítio onde o guru morava nem notamos que lá só havia celebridades, o povão nem chegava perto. Com o tempo, percebemos que o cara enchia o rabo de uísque e desconversava legal quando questionado sobre o propósito de tais milagres. Mas começamos a desconfiar mesmo ao notar que depois dos encontros a gente voltava para casa com nossas baterias físicas e emocionais absolutamente descarregadas, e desfalecíamos na cama com terríveis dores nas costas.

Numa bela tarde, o guru apareceu em casa querendo saber o motivo de não termos continuado a visitá-

-lo. Explicamos que não era nada pessoal, que nossa agenda de shows estava lotada etc. e tal. A essa altura a casa toda já estava empestada de perfume de maçã, e pela primeira vez ficamos enjoados com aquele cheiro de desinfetante de banheiro. Neste momento nossos três filhos chegaram da escola e o guru se pôs a demonstrar seus truques. Claro que os moleques não desgrudavam mais dele e foram dormir exaustos, mas não antes de o nosso faqueiro virar sucata.

Um belo dia, voltamos para casa, e cadê os meninos? Perguntamos para a Balú, nossa super nanny, que agia como se estivesse hipnotizada sem saber explicar o paradeiro deles. Desespero geral e a única conclusão possível: o cara sequestrou os garotos. Pegamos o carro e voamos para o sítio que ficava na divisa com outro estado. Chegando lá encontramos o guru num pileque homérico reclamando: "Ainda bem que vocês chegaram, esses pentelhos aqui estão enchendo o saco para eu levitar na frente deles". Fomos devidamente vingados. Nada como o mundo da fantasia das crianças para flagrar um mágico de araque. Agradeço sempre aos garotos por me lembrar que, da próxima vez que um guru aparecer, vou exigir o teste do voo.

— Falando em filhos, o que a madame diria sobre eles?

Rita Lee

— Que sou fã deles. Sei que a mãe deles não é bom exemplo. E eles sacam. Isso não significa que meus garotos também não foram superpestes. Meu sogro pôs apelidos perfeitos no trio: Espalha Brasa, Trinca Espinha e Pinga Fogo. Quando eu chegava nas reuniões de pais e mestres, era um festival de reclamações, principalmente da parte dos meus filhos. Brincadeirinha...
— Um resumo rápido de cada um?
— Beto Lee, meu Bituca, é o filho "gente boa". Não existe isso de filho preferido, amo todos igualmente, mas por ele ter estado na minha barriga quando fui presa e ter passado por poucas e boas ao meu lado, acredito que tenha algo fortemente cármico nos ligando. Companheiro para o que der e vier. Ficava aflito com minhas pirações droguísticas e estava sempre por perto me fazendo massagem nos pés, preparando chazinho de camomila para acalmar o bicho, e até me dando banho quando eu não conseguia nem lembrar meu nome.
— Fosse ele, deixava você pelada de mão no bolso — disse o ponto.
— Me lembro uma vez quando Beto, pré-adolescente, encontrou um mendigo na rua e deu a ele tudo o que tinha no corpo e nessas me obrigou a esvaziar

a carteira também. Ótimo guitarrista, foi o primeiro filho a me dar a graça de uma neta que é uma graça.

E o filho do meio?

— Ah! Eu sempre me fodi nessas. Filho do meio leva a culpa de tudo. — O grampo precisando urgente fazer terapia.

— João Lee, o Juca, é o filho "pai presente". Nascido no mesmo dia do meu pai, comigo ele age feito um. É a ovelha negra da família porque nunca tomou um porre e se formou em administração de empresas. Quando estou meio pra baixo, ele, sem tirar os olhos do celular, me diz: "Mãe, mais lógica e menos emoção!". Juca é louco por gatos e não gosta de quem não gosta de gatos. Nisso puxou a mim. Mas não leva muito jeito com crianças e desconfia de todo mundo. Nisso, puxou a tia.

— Fala que o do meio ainda tem que escutar um monte de asneiras — disse o ponto.

— E o caçulinha?

— Antonio Lee, o Tui, é o filho "leveza de ser". Adora livros, museus, viagens, cinema e uma boa conversa. É sedutor e sabe como conquistar corações carentes. Sempre foi um sonhador e, como todo leonino, sonha alto pra caramba. Quando me pegava meio jururu, dizia: "Venha cá, sente aqui, do meu ladinho, que eu vou

Rita Lee

te contar uma historinha bem bonitinha". É debochado e um dos artistas plásticos mais geniais deste mundinho. Me deu um neto sedutor e leve como ele.

— Se está elogiando assim, já vai dizer que puxou a mãe, e não a tia — resmunga o ponto.

— Ouço o pio da coruja tão longe de mim tão perto.

— Como o senhor pode ver, meus filhos são super-sangue bom. Sabe dr. Von, eu não sou uma mãe coruja que analiticamente o senhor tenta impingir. Apenas acho que eles são rapazes lindos, educados, honestos, simpáticos e certamente não vão precisar matar a mãe para se libertarem, como explicou seu colega Freud.

— Depois de uma explanação dessas, tenho que concordar da não existência da corujice...

— Pela ironia do comentário, está claro que o doutor nunca procriou.

— Mas, me diga, só entre nós, como mãe-fã, não tem nada que mudaria neles?

— Bem... Os três ainda comem animais...

O MITO DO MITO

23h

AS ONZE BADALADAS

— Tenho certeza de que você não procriou in vitro. Tem algo a dizer sobre o parceiro?

— Olha, como fala do meu cunhado. Pô, meu, vai deixar esse janotinha crescer pra cima de você?

— Vou falar de um dos temas sobre o qual mais tenho certeza na vida. Eu diria que a melhor rima para te responder é: nada como ter Roberto por perto. O eterno namorado. Marido é pouco, ele é o cúmplice dos meus mais *calientes* crimes de amor. Sol em Escorpião, ascendente em Touro. Roberto é o médico da família, faz diagnósticos precisos, estuda astrologia cabalística e adora estar cercado de coisas bonitas. É um cara que sempre tem um papo interessante na ponta da língua. Roberto é um *chef de cuisine* dos mais saborosos. Todo homem bom de fogão é melhor ainda na cama. E quem tem um namorado lindo como eu, sabe o que significa o assanhamento feminino. Com o tempo, aprendi a confiar no meu taco, mas até hoje sinto certas dores nas costas provenientes de olhares gulosos de quem não come o manjar desse meu deus.

— E como essas pessoas se manifestam?

— Geralmente, dizendo coisa do tipo: "Coitado dele, com essa maluca drogada sempre dando trabalho!". Sim, bendito seja Roberto, que segurou todas as barras como um cavaleiro que salva a princesa das garras do dragão, ou melhor, drogão. É evidente que ele percebia quando minha existência estava indo pra lá de Bagdá, e, nessas horas, sempre com calma e elegância, tratava de me hospedar num hospício simpático, não sem antes se informar até sobre a comida sem cadáveres de bichos que me seria servida.

— Se eu fosse Roberto, pagaria pros hospícios não te soltarem nunca mais hahaha — disse o ponto.

— Nessas ocasiões, Rob conversava bastante com os meninos e explicava que a mãe deles, "como todo gênio que se preze" (obrigada por essa, Rob), era louca sim, mas não estava varrida. Nunca fez minha caveira para eles, ao contrário, mostrava como um cavalheiro deve tratar as damas, na saúde e na doença.

— O amor dura até hoje ou já estão na fase da complacência?

— Toda semana recebo flores ou uma cartinha de amor. Minha história com Roberto vem de outras vidas, e certamente vai continuar nas próximas.

— E seu namorado não tem problemas do ego masculino, ou mesmo criativo, por você ser a figura de frente na música?

— Comprovadamente, ele não tem essas preocupações, mas muita gente passou a ter quando a dupla Lee/Carvalho apareceu no pedaço com um hit atrás do outro. Se eu era o gênio indomável, Roberto era o gênio objetivo. Minha criatividade é mais abstrata, a dele é mais concreta. Ele me ajuda em algo muito importante: a realização. Por mais que eu sonhe, que eu goste do campo das ideias, sou capricorniana e o que mais me dá prazer é ver um trabalho realizado, solto no mundo. Isso, em termos musicais, significa a fome com a vontade de comer e ainda sobrar espaço para a sobremesa. E sei que ele gosta de me ver brilhando.

— O que mais chamou minha atenção nesses relatos é a mistura dos sentimentos familiares e da relação com as drogas, ou melhor, as suas drogas.

O MITO DO MITO

Isso mostra que os estados alterados são de grande importância em sua existência. Você não poderia dar um breve relato sobre esse fato primordial em sua trajetória?

— Quando se trata de explorar o infinito eterno dos universos paralelos de todos os tempos, eu me declaro uma gulosa de mão cheia. E não tenho o menor pudor em lhe confessar isso e a quem possa ou não interessar. As melhores músicas que fiz foram sob o efeito de drogas. As piores também. Vale a pena, por alguns momentos, desvendar os véus de Ísis para entender que tudo é tão simples que cabe numa canção. As virtudes do vício. Certamente, o doutor entende do que estou falando.

— É claro que ele entende! Um tapinha num sanguinho não dói! — lá vai o grampo.

— É para entender melhor que estou fazendo essas perguntas.

— Cínico e hipócrita! — grita Vivi, com uma voz alterada de quem voltou a entornar uma garrafinha.

— Então deixe-me ser didática: droga é ruim de bom, mas de tão bom é ruim. Que experiência maravilhosa deve ter sido a dos navegantes avistando terras desconhecidas. Imagine então o que é descobrir a Atlântida sem precisar de mapas, entrar na alma dos poetas sem pedir licença, chegar ao Nirvana sem ser um buda. De lá de cima vislumbrei as paisagens mais belas do Criador, não queria nunca mais sair daquela epifania. De repente ouvia uma pergunta cafajeste destoando do belo cenário onde me encontrava: "Então, vai comer agora ou quer que embrulhe?". É a droga da droga cujo efeito acabara-se. E com sua voz de cafetina ainda arrematava: "Pra continuar vai ter que tomar mais, ou tá pensando que tu conseguiste tudo isso sozinha, filhinha?".

— Como você conta, fica até atraente — disse o doutor, chegando estranhamente perto.

— Mas como um doutor de tão longa data desconhece até onde vai o barro de seu santo? Nunca recomendei nada disso a ninguém, pois sei que cada lombo é quem diz quantas chibatadas aguenta. Tem gente que pira com analgésico.

— Não estou dizendo que esse pulha só empalha? Saia fora, vai — disse o ponto, sem paciência.

Estou começando a dar razão à minha irmã.

— Nos tempos em que me formei, as drogas eram poucas e outras. Imperava muito mais a maldade entre as pessoas do que substâncias. A droga da minha época era para fugir de uma ditadura militar, de gente da pior espécie que queria cortar qualquer asinha de liberdade.

— Ah, fica com esse papinho hippie, mas fala logo que você também se humilhou e beijou as bundas de madame rohypnola e da cafetina lexotina! — Vivi fala, fala, mas também já caiu de boca pra caramba nas guloseimas de Babel.

— Há anos tenho tido controle total sobre as drogas legalmente proibidas. Todas elas encheram meu saco de tal maneira que nem se Jesus Cristo me oferecer eu não vou aceitar. Para tirar minha própria dúvida, outro dia dei um tapa num baseado e entrei em pânico. Fui tomar uma ducha gelada e mesmo assim encanei que a vizinha estava chamando a polícia. Quem diria. Mas ainda preciso ficar triplamente antenada com dois tipos de drogas por lei permitidas: são os benzodiazepínicos e o álcool. Para conseguir os benzo, basta passar a conversa em algum farmacêutico ou descolar uma receitinha "eshperta" com um médico de boa vontade. Pior é o álcool, que se faz presente até em inauguração de creche. Haja autocontrole, qualquer tapinha numa droguinha dessas e lá vou eu de volta para o hospício, o que positivamente não anima meu *animus*.

Rita Lee

— É claro que sei o que costumar acontecer dentro de uma casa de repouso, ou hospício, ou spa, seja lá o que for. Minha curiosidade é na verdade o seu comportamento, porque você não tem uma postura que eu chamaria de típica, perante os estupefacientes. Só isso.

— Bem, estive em diversos tipos de hospícios. Lá atrás, muitas vezes o maluco beleza fica amarradinho na cama, toma banhos gelados e uns choquinhos para cair na real mais rapidamente. Mas isso é um método já ultrapassado. O mais eficiente mesmo é ocupar a cabeça do louco com atividades manuais, tipo pintura, modelagem de argila, cultivo de horta, jardinagem, cozinha, faxina etc. Eu nunca tive saco para ficar fazendo exames de consciência em palestras orientadas por psicólogos e psiquiatras. Minha estratégia era pegar na enxada, mesmo de madrugada, caso batesse vontade de quebrar alguma coisa. Se bem que eu cheguei a quebrar alguns móveis, mas pelo menos não foi minha cabeça nem na de ninguém.

— Mas nunca havia necessidade de evasão por conta própria?

— Ah, bastava saber que eu não podia sair de lá sem autorização para bolar altos planos de fuga. O filme *Alcatraz: Fuga impossível* era minha intenção de cabeceira. Mas uma escapada que dei não foi nada glamurosa como a de Clint Eastwood. Esperei a kombi do mercado abrir o portão, e pimba. Fiquei de tocaia a duas esquinas do hospício aguardando a chegada de um forte esquema policial, com helicópteros sobrevoando, todos à minha procura. Já era alta madrugada quando percebi que ninguém havia dado pela minha falta. Morrendo de medo de ser assaltada e estuprada, voltei pro hospício puta da vida.

— Como os companheiros de internação costumam reconhecer uma celebridade?

— Geralmente os loucos estão tão loucos que nem notam a presença de um famoso lá no meio do ninho de estranhos. Esse lado eu gosto muito. Um ou outro podia até me reconhecer, mas era raro falarem qualquer coisa. O louco reconhece um semelhante e respeita a maluquice do próximo.

Rita Lee

00h

AS DOZE BADALADAS

— Cada macaco no seu galho é sempre uma boa pedida. Mas, pelo que você diz, artista gosta muito de ficar alterado, não? Tem mais alguma coisa a dizer?

— Tem, sim, e muita. Veja se não esconde o jogo, sua porra-louca — comandou o grampo.

— Só pra não dizer que não falei das flores sendo eu *una violetera conocida*, vou comentar por alto sobre as drogarias artísticas. Sim, é um clichê na vida do famoso a situação fuma-bebe-cheira-injeta. É uma regra com raras exceções porque a quantidade de sucesso pode vir a ser inversamente proporcional à sua felicidade pessoal. Quando por fim a fama chega na vida de uma criatura de passado sofrido observamos o velho replay de quem nunca comeu melado. E lá vai o bicho se entupir de tudo ao mesmo tempo agora. No entanto, a comemoração pelo sucesso muitas vezes oculta uma autossabotagem. Analisemos juntos: é muita areia para o caminhãozinho emocional de um ex-joão-ninguém que de repente encara um sucesso estrondoso com grana saindo pelo ralo. Até amor ele compra. O cara ralou para subir no topo do coqueiro e, quando chega lá, não sabe o que fazer com o coco. O sonho acabou. Às vezes cai de lá de cima como Keith Richards, macaco velho que ainda persiste. Quando isso acontece, dá-lhe chupeta. E cada drogado por si, porque Deus não será para todos. Um esclarecimento: depois das esquinas por onde andei, o mérito de ainda estar viva é unicamente do meu fiel e competente Anjo da Guarda. Estou falando demais?

— Você está pagando por isso.

— Concordo plenamente — primeira vez que o grampo concorda. Vivi é pão-duro pra caramba. Mas nem posso dizer nada porque também aprendi com meu pai a fechar a torneira ao escovar os dentes e o chuveiro ao ensaboar o corpo.

— Então, sigamos. Droga existe desde quando Eva ofereceu a Adão um tapinha na maçã e ambos caíram de boca. E lá estava um agente no ato para puni-los. Quando se lida com inspiração, leia-se mundo abstrato, a droga serve para induzir epifanias. Com o tempo, vicia-se em nome da expansão de consciência; depois, despencamos procissão abaixo porque nosso santo é de barro. No meio dessa cena dark, lembremos também que artistas gênios, consumidores e inveterados fizeram a diferença na história da humanidade. Leonardo da Vinci e Cole Porter não me deixam mentir.

— Mas tudo isso sempre ajudou na carreira?

— Carreira de pó, querido? — perguntou o grampo espirituoso.

— Antigamente, ser preso com drogas acrescentava uma aura de rebeldia ao currículo do artista. Ainda não existia a bandidagem sinistra do tráfico. Hoje, famoso que mexe com "tóshico" é otário. Você já reparou que não existe mais artista-bad-boy de verdade? Nas biografias dos mitos, suas aventuras pelo mundo das drogas são consideradas capítulos decisivos. Ou vai ou racha, dependência e morte. Se o famoso consegue ficar sóbrio, ou ele entra para uma seita, ou faz peregrinações de Madalena Arrependida. Se morrer, tanto melhor, vai viver por vários dias na mídia e a família muitas vezes agradece duplamente.

O MITO DO MITO

— Mas isso vem bem de antes dos tempos modernos.

— Sim, os bad boys das antigas não eram produtos de marketing como acontece hoje. Em plena ditadura, Nelson Gonçalves foi obrigado a fazer campanha antidroga, mas dizem que não sem antes passar pelo banheiro e dar sua cafungadinha. Eu acho pó coisa do demo. Nunca me ajudou a compor, ao contrário, até meu crânio ficava travadão. Pó é o Ó. Depoimentos de ex-drogados recebem bastante *recall* da mídia. O soldado ferido de volta ao lar rende notícia. Artista não é diferente de outro humano no quesito fuma-bebe-cheira-injeta, só que quando o faz aparece no jornal. Até agora não entendo por que farmácia passou a se chamar drogaria. Esquisito isso. A verdade é que, em se tratando de droga, tudo e todos são suspeitos: você come açúcar? Bebe vinho? Toma café?

— Nossa, que profunda... Será que ele não tem uns remedinhos aí? — A mana estava mais atenta do que eu na conversa. Impossível enganar mãe e irmã. Elas sabem seu genoma completinho. Agora não adiantava ficar arrependida, mas eu não devia ter trazido essa sombra. Dois me enchendo as picuinhas ao mesmo tempo é dose.

Rita Lee

— Você se posiciona de que maneira na questão da maconha?

— Veja você que um homem culto e bem-informado como o saudoso Evandro Lins e Silva não tinha dúvidas ao declarar publicamente que para acabar com drogas, só legalizando. Quando isso acontecer, Adão e Eva reconquistarão o Éden e, usando do livre-arbítrio que Deus lhes deu, decidirão se afinal vale a pena ou não comer maçã, e se a fruta faz bem ou mal pra tosse. Volto a um fato: a birita continua campeã de mortes.

— Sua música muita gente conhece. Sobre drogas, você falou o bastante. Acho que falta o sexo...

— Agora ele vai atacar, ele vai atacar. Você levou o spray de pimenta que te dei? — perguntou uma nervosa Vivi.

Eu estava estranhamente tranquila. Um torpor instalava-se em minha mente. Ao mesmo tempo que o via rodeando meu pescoço, ele parecia estar sentado a uma distância razoável.

— Sexo, drogas e rock 'n' roll, as três faces de uma mesma geração. O doutor quer saber exatamente o que sobre isso?

— Você pode estar achando essas perguntas banais, mas sou uma pessoa, digamos, um tanto enclausurada, que não fica muito atento às modas. Sempre recorro às pessoas com as quais tenho contato para saber dos acontecimentos. Claro que conheço essa trindade, mas não é sempre que tenho oportunidade de falar com quem viveu a experiência tão escancaradamente.

— Esse babaca foi criado onde? Enclausurado num castelinho achando que era a Pensilvânia? Se ele for para o seu lado, finja que aceita e chute o saco dele — comanda o grampo-irmã. Vivi pensa que nasci ontem.

— Sou do tempo em que as mulheres eram criadas para nunca questionar a autoridade masculina. Eu, por algum motivo, desacatei todas as autoridades masculinas que quiseram se impor sobre mim. E, nisso, acho que acabei escrevendo músicas sobre sexo. Nunca fui uma mulher gostosa, mas consigo expressar em minhas músicas as sacanagens todas que a sexualidade feminina sente e provoca.

— Você viveu a época do amor livre, da amizade colorida, do feminismo... Essa liberdade impulsionada por vários combustíveis deve ter resultado em festas memoráveis. Mas você acabou num casamento convencional.

— Digo mais, meu querido: no meu tempo de jovem, suruba era cultura. Eu e Roberto conhecemos e experimentamos toda essa época e a liberdade que você descreve. Mas se o doutor considera que um casamento convencional seja uma mulher estar há trocentos anos com o mesmo marido, acho exatamente o oposto. Sabe que volta e meia me perguntam qual o segredo de um casamento tão longevo? E sabe o que eu sempre respondo? Existe mesmo um segredo, mas segredo a gente não conta.

— E existe mesmo?

— Não conto.

— Sendo uma pessoa publicamente conhecida, o assédio devia ser muito grande para o seu lado, não?

— O assédio até podia ser grande, sim, mas não era maior do que o medo que os caras deviam sentir de mim. Raciocine comigo. Os rapazes de hoje se encolhem diante dessas estonteantes mulheres que dizem o que querem, que são donas de seu nariz e de sua sexualidade. Imagine agora o pânico dos pais ou avós desses mesmos rapazes quando encontravam pela frente uma roqueira doida, sem papas na língua, vinte, trinta, quarenta, cinquenta anos atrás? Naquela época, mulher nascia para se casar e lavar as cuecas do marido. Eu intimidava pra caramba, poucos se aventuravam a chegar perto. E, quando chegavam, dali cinco minutos saíam correndo. Ah, como era bom assustar o clube do Bolinha.

O MITO DO MITO

— Lembra daquele chinês, filho de diplomata, que você fez tomar um ácido e depois o menino foi preso pelado na frente do zoológico? Como era o nome dele? — pergunta Vivi.

— Chan Obo Lee.

— Como?

— Desculpe. Deixei escapar meu mantra.

— Isso mesmo! E eu dizia que se você se cassasse com ele, nem precisaria mudar o sobrenome! — diverte-se a irmã-ponto.

1h

UMA BADALADA

— Humanos têm uma mania estranha, principalmente quando atingem a tal fase madura da vida, de idolatrar aqueles que os colocaram no mundo. Você já está nessa fase?

— Fui criada observando a lei dos opostos que se atraem. De um lado, meu pai, Charles, filho de americanos, feioso e charmoso, maçom, cientista maluco, companheiro dos meus bauretz, trabalhador e provedor incansável, sem saco para demonstrar amor. Do outro, minha mãe, Chesa, filha de italianos, linda e simpática, mais católica do que o papa, pianista e cantora, avessa aos meus bauretz, criativa e engraçada, e que demonstrava amor até por quem não merecia. Pode imaginar o orgulho de ser filha desse casal nota um zilhão? Por mais que já tenha me desequilibrado com as armadilhas que a vida preparou, sinto que tenho uma estrutura existencial à prova de qualquer bala metafísica perdida. Os valores que ambos me passaram se resume num só: *Love is all you need!*. Cá com nossos botões, tenho dúvidas se eram tão fãs de mim quanto fui deles. Digo isso porque apenas uma única vez os velhos tomaram coragem e foram a um show meu, o do *Lança perfume* no Palácio das Convenções do Anhembi, em São Paulo. Uma foto tirada no camarim mostrou o sorriso de ambos um tanto desconfortável, tadinhos. Para falar a verdade, sempre dei graças que nunca foram me ver mesmo. Acho que não teria tido coragem de fazer algumas gracinhas, tipo mostrar a bunda e falar impropérios. Então não tenho do que reclamar. Apesar de o meu pai dizer para eu seguir na carreira de dentista como ele, e de minha mãe rezar para um dia eu me tornar freira, no fim das contas abençoaram a santa escolha da filha. Sei que engoliram muito veneno de ambos os lados das famílias, que deviam me achar uma pinel total. E sei também que me defendiam no ato, ficavam até de mal para o resto da vida. Qual pai ou mãe não fica feliz por tabela vendo o filho realizar seu sonho, por mais esquisito que este seja?

— Havia dissidência no lar?

— Havia. Por exemplo: futebolística. Em casa, as três manas Lee eram corintianas roxas, como nosso pai. A única Palestra Itália lá era *la mamma*, tadinha. Em Copa do Mundo, todos eram um só coração batendo...

— Mas não se esqueça de que, como qualquer torcedor, fã gosta de estar do lado que está ganhando...

— Falando em torcedores, lembrei de dois fãs-clubes que praticamente disputavam campeonato: os de Marlene e Emilinha, rivalidade clássica lá nos idos tempos da Rádio Nacional.

— Mas os fã-clubes dessas duas eram como água e óleo. Não se misturavam jamais.

— Fiz outro caminho. Fui primeiro fã de Marlene, porque minha mãe a adorava, e entrei no clube abraçando o marlenismo sem questionar. Segundo os marlenistas, a musa era elegante e ágil no palco, de voz forte e estilosa, repertório perfeito. Enquanto a "outra" tinha apenas cabelos bonitos e sedosos. Bastou uma semana de férias escutando "Chiquita Bacana" na casa da tia Mena, irmã de minha mãe, para me mudar para as trincheiras do emilinismo.

— Mas como ser aceita no novo clube?

— A tese emilinista rezava que a "outra" não possuía carisma suficiente para ser a melhor do rádio, mesmo porque "rainha" rima só com Emilinha. Não me considerei traidora da causa. Encarei como uma nova faceta da minha fã-liberal, mas quando voltei para casa e passei a comentar os encantos de Emilinha, minha mãe logo percebeu a mão da sua mana e ficou uma arara. Um fato engraçado me vem à cabeça agora: durante um bom tempo, baseada na minha infidelidade marlenística, ela tentou me convencer a mudar de time de futebol também. Não conseguiu, tadinha. Chesinha era do tipo aloirado hollywoodiano com tempero latino e comportamento católico-carnavalesco. Todo ano, representava o papel trágico da Verônica nas procissões da Semana Santa, aquela mulher que imprime o suor de Jesus no linho e o exibe chorando para a multidão enquanto canta à capela uma melodia fúnebre. Verônica era fã de Jesus pra caramba.

— Sua mãe já te disse que era sua fã?

— Sim, teve uma época que tinha até uma pasta de recortes meus. Mas eu era mais fã dela, que cantava e tocava piano muito bem, de chorinhos a canções napolitanas, temas de filmes, Chopin e Villa-Lobos. Era uma *entertainer* nata. Sua família toda era fanática por cinema, tanto que depois de muita labuta meu tio Nico, irmão mais velho dela, comprou os dois cinemas da cidade, o Excelsior e o Tabajara. No casarão do vovô Padula havia quartos forrados de cima a baixo com pôsteres e fotos de artistas de filmes nacionais e estrangeiros, novos e antigos, um material valiosíssimo para fanáticos da telona. Os Padula adoravam música brasileira. Os rádios viviam ligados na cozinha, nas salas e nos quartos. Chesinha e seus nove irmãos conheciam tudo o que rolava no salão. No Carnaval de 1934, o coração da italianinha foi definitivamente conquistado por Charles, o dentista recém-formado de ascendência norte-americana que morava em Rio Claro havia poucas semanas. Lá estava o rapaz na única loja de discos da cidade, se atualizando nos novos lançamentos quando a "Verônica", que tanto o havia impressionado na procissão, entra. Disse meu pai que tal visão foi tão avassaladora que no ato virou fã-flechado de Chesinha. O grande hit carnavalesco do ano era a marchinha "Linda loirinha", de Braguinha. Um tema mais do que perfeito para o charmoso americano oferecer em primeira mão à jovem e esplendorosa italianinha. E assim foi que a loirinha virou a rainha de todos os carnavais na vida do gringo.

— É sempre bom falar um pouco do pai...

O MITO DO MITO

— Meu pai foi fã-madrugador de música caipira, acordava às quatro da matina e já ligava o rádio. Dava um trato na gaiola da Nicky e no aquário do Bola, regava a horta e o jardim, e às cinco acordava as filhas com um pontapé na porta e ia preparar o café. Os modos de Charles não eram nada refinados. As meninas recebiam tratamento de quartel, talvez vestígios de quando ele lutou na Revolução de 1932 sob o codinome Sargento Morcego. Jurava que nunca tinha matado ninguém e fazia questão de desfilar com os companheiros todo Nove de Julho no Ibirapuera. Charles era um sujeito honestíssimo e louco. Viciou todas nós nos programas de Inezita Barroso e Zé Béttio. Durante o café da manhã ninguém podia falar à mesa. Para conseguir um mimo paterno, bastava uma de nós cantar "Marvada pinga". Além da arte "caipiresa", ele apresentou à mulher e às filhas as bizarras cantorias de Yma Sumac e a versatilidade linguística de Caterina Valente. Charlie e Chesinha adoravam ópera, mas as filhas achavam aquela coisa uma chatice sem tamanho. Mas fã-xiita mesmo o velho era do Corinthians e ponto-final.

— E profissionalmente?

— Charles era dentista dos gringos que moravam em São Paulo: alemães, franceses, ingleses e, é claro, americanos. Cuidava também de sorrisos famosos, entre eles Rhonda Fleming, supermaquiada, Maysa Matarazzo, gata pra chuchu, o casal teatral Nydia Licia e Sérgio Cardoso.

— Você via essas pessoas?

— Lembro que um dia estava eu bundando no consultório quando vejo pela frente Sérgio Cardoso, que naquela época fazia o papel do dr. Valcour, o médico-monstro de uma novela da TV Tupi. Recordo principalmente de ter espiado pela fechadura para observar se o dr. Valcour fazia xixi igual meu pai. Pouco tempo depois, Sérgio morreu e surgiu a notícia de que teria sido enterrado vivo. Fiquei sem dormir dias. Afinal, o dr. Valcour fora tão simpático e discreto ao me flagrar na saída do banheiro com os olhos na botija.

— Você nunca me contou isso, sua bandida! — interferiu o grampo. — Por que você não conta do coitado do médico que a mamãe chamou quando você desmaiou um dia? O velho estava lá tomando seu pulso e você *nhac* no braço dele. Era tudo fingimento.

— Realmente, estou diante de uma filha que é fã dos pais. E que gosta de falar sobre isso. Geralmente nas sessões de análise falamos mais sobre o ódio que filhos têm dos pais...

O MITO DO MITO

— Ah, mas dá um orgulho danado ao lembrar que eles enfrentaram bonito as famílias para que a gente pudesse nascer na terra prometida de Sampa. Aliás, sou fã de São Paulo. Tenho orgulho também de ter nascido aqui. Inicialmente, italianos e americanos não aprovaram o casamento dos meus pais, só se conformaram mesmo quando Charles ganhou uma bolada na loteria e sequestrou Chesinha pra cá. Bonitinha essa história.

— E como eram os fanatismos da família Jones?

— Minha irmã mais velha, Mary, era fã histérica de Cauby Peixoto. Na calada da tarde, escondida do nosso pai, fugia para os programas do César de Alencar só para desmaiar assim que as cortinas se abriam para Cauby. Estava na ala daquelas que desfaleciam em série sempre que ele cantava "Blue Gardenia". Mary também foi sócia do fã-clube de Robert Wagner, com direito a bolo e brigadeiros no dia do aniversário do ídolo. Isso durou até ele se casar com Natalie Wood, que, aliás, já havia se saracoteado para os lados de James Dean, aquela sonsa. Mary queimou a carteirinha e jurou vingança. Infelizmente minha mana morreu em 1980.

— E sua outra irmã?

— Olha lá o que essa besta vai querer saber de mim, vou invadir! — O ponto estava atento e forte.

Rita Lee

— Virgínia, a irmã do meio, era fã-coração-de-estudante dos românticos planetários e, entre outros, me apresentou Elvis, Tito Madi, Sérgio Murilo, Doris Monteiro, Connie Francis, Paul Anka, Neil Sedaka, Pat Boone, Dick Farney, Luiz Vieira. Foi Virgínia quem me fez gostar de Ray Conniff, Ray Charles, Jorge Ben Jor e João Gilberto. Das manas Lee, foi disparado a mais viúva de James Dean. Nos aniversários dele de nascimento e morte mandava celebrar missa e se vestia de negro da cabeça aos pés, ela era uma ótima atriz. Correspondeu-se durante anos e anos com um gringo das Ilhas Virgens chamado Frank. Eram cartas românticas e *calientes* com promessas de amor eterno e muitos filhos. Quando os Beatles apareceram, caiu de boca e trocou Frank por John Lennon. Virgínia é a única dos Padula/Jones que ainda está comigo aqui, no mundo da matéria. De uns tempos pra cá, ela resolveu que não vai ser mais fã de humanos, só de bichos. Sempre fui fã da minha irmã.

Ao que o grampo respondeu:

— Brigadinha, eu também sou sua fã, meu amorzinho!

— E você? Quem é?

— Do zero aos cinco anos, eu fui o Patinho Feio.

"Dos cinco aos dez, fui Pollyanna.

O MITO DO MITO

"Dos dez aos quinze, a garota papo firme.
"Dos quinze aos vinte, Barbarella.
"Dos vinte aos vinte e cinco, Lucy in the Sky with Diamonds.
"Dos vinte e cinco aos trinta e cinco, a Honky Tonk Woman.
"Dos trinta e cinco aos quarenta, Rê Bordosa.
"Dos quarenta aos cinquenta e cinco, também.
"Dos cinquenta e cinco aos sessenta e tantos, fui Lovelee Rita.
"Dos sessenta e tantos em diante, vovó Donalda.
"Talvez minha revolta deva ter se originado na minha última encarnação, quando fui Joana d'Arc."
— Hmmmm...
— O quê?
— Continue...
— Além das coisas que lemos até agora, tenho aqui um caderno de anotações no qual listei vários tipos "psicoilógicos" de fãs e de artistas. Quer dar uma olhada?
— Vai mostrar seu diário pra esse psico? Não acredito. Eu vou embora! — disse o ponto. Imagino minha irmã como tradutora na ONU...
— Doutor, poderia usar o toalete?
— Ao lado da sala de espera. Fique à vontade. Enquanto isso, leio suas anotações.

Rita Lee

Já fui metendo a boca no ponto no caminho para o banheiro:

— Escute aqui, você veio comigo para segurar a onda, e quem está fazendo onda agora é você. Sossega o facho, meu. Estou pagando uma baita grana e não é para ficar te ouvindo choramingar o tempo inteiro, e eu sem poder responder. Dá um tempo. Vai me largar aqui sozinha? Eu não vou sair agora.

— Chantagista. Você me paga por isso, sua cretina! Vou te deixar aqui, sozinha. Não aguento mais ficar sentada no chão.

— Então vá nessa, Vanessa. Depois eu chamo um táxi pra me levar, ainda tenho um monte de assunto para tratar com o alemão.

Aí foi aquela enxurrada de palavrões.

— Então, me fale ao menos como é aí, pra matar meu tempo.

— Tem um quadro enorme do doutor no corredor, uma pintura bonita. Estou entrando no lavabo... Nossa, meu, isto aqui não é lavabo, é um mini-hospital... impecavelmente limpo e branquinho... Tem duas banheironas antigas, azulejos pintados à mão, torneiras douradas...

— Duas banheiras é muito suspeito. Conte mais, conte mais!

O MITO DO MITO

— O teto é todo espelhado e não tem nenhuma janela.

— Cruzes, então está parecendo mais um hospital-motel. E, vem cá, como vai ventilar depois de fazer cocô, se não tem janela?

— Sei lá, meu... Eu só vou fazer xixi.

— Não senta na privada, pelamordedeus!

— Viviiiii... o papel higiênico é úmido e perfumado, parece aquelas toalhinhas de limpar bundinha de bebê!

— Quanta finesse! Tem algum armário?

— Dois bem grandes, um em cada lado da pia, por quê?

— Oba! Abra, abra, abra!

— Peraí, me deixa dar a descarga primeiro... Putz, tá duro de abrir... Uau! São prateleiras e prateleiras com vidros coloridos, potes, caixinhas... Parece aqueles boticários antigos repletos de poções, unguentos, ervas... Deixa ver se esta é maconha... Não, não é... Meu, tô desconfiada que o alemão tem pau pequeno.

— Por que isso agora, *dio mio*?

— Tem uma geringonça aqui, um treco cilíndrico com bombinha flit.

— Não seria pra triturar essas ervas aí?

— Não, Vivi... Você nunca viu uma coisa assim? É para enfiar o pau lá dentro e bombear até crescer.

Rita Lee

E outra: ele tem cara de que tem pau pequeno. Nariz bem-feitinho, lábios fininhos, pele branquinha, miniorelhas, olhos estreitos, cabelinho meio ralo, portanto tem pau pequeno, sim.

— Mas você narrou o retrato falado do Paul McCartney.

— Não ponha palavras em minha boca.

Nessas alturas, encontro outra porta de armário, dessa vez maior.

— Vivi! Ele tem um minicamarim por trás desta porta. Maquiagens, adereços, chapéus, roupas, capas... Tem um álbum com nus de atores e atrizes antigos de Hollywood... Putz, não sabia que Greta Garbo tinha esta floresta púbica... Judy Garland peladona, quem diria... Olhe só como Clark Gable era bem dotado... Você não acredita a maravilha que é este álbum, tô me coçando aqui pra não esconder debaixo da roupa, mas vai ficar muito bandeiroso...

— Não dá pra arrancar umas fotos?

— Imagine, seria um sacrilégio total.

— Seria mesmo. Mas tire umas fotos pra me mostrar.

Fiz algumas imagens com o iPhone, tomando cuidado para não esbarrar no botão e desligar a irmã-grampo. Lavei as mãos e sai de lá com uma dúvida no ar: seria o dr. Eric von Kasperhauss um ator?

O MITO DO MITO

No corredor de volta, lembrei do pedido de Vivi sobre fotografar os hollywoodianos peladões e também tirei uma foto do quadro do doutor. Ela, certamente, iria gostar de ver a cara do esquisitão. Enviei por mensagem. "Não lida." Sim, Vivi tem sérios problemas com tecnologia e nem deve ter visto a notificação. Ou estava mais interessada em uma das garrafinhas.

— De volta?

— Foi só um xixizinho, coisa rápida.

— Deu tempo de dar uma olhada em toda a sua lista de tipo de fãs.

— Já?

— Sim, fiz leitura dinâmica.

— Charlatão de pau pequeno!!! — berrou o ponto.

2h

DUAS BADALADAS

— Doutor, posso perguntar o que é esta bebida que o senhor, digo, você, sempre toma um pouco?

— Claro que pode perguntar, só não vou responder. Mas farei melhor. Igor, traga uma taça para madame Lee.

— Seu Von, não esqueça que não posso nem pensar em chegar perto de álcool.

— Não se preocupe. Igor servirá um tipo que não terá nada etílico. Certifique-se, Igor.

— Pô, e eu aqui? Ninguém traz nada pra mim? — Meu ponto fica falando isso para disfarçar suas garrafinhas, que a essa altura devem estar vazias. Tenho quase certeza de que ela já foi a um barzinho pé-sujo próximo buscar mais naquele momento em que ela ficou estranhamente quieta. Depois, fica chupando bala e mordendo cravo para disfarçar. Toda irmã sabe como infernizar a outra.

— Nossa, doutor. Mas que gostoso. Parece que dá um baratinho. Posso tomar mais um pouco? Tem um certo gosto de chá-mate.

— Fique à vontade. Meu estoque é ilimitado. E, sim, tem um toque de mate, mas não é chá.

Ele colocava a mão direita sobre a boca quando sorria, com um anel enorme no dedo do *fuck you*.

Eu me sentia inebriada. Talvez fosse a bebida. Talvez fosse o cheiro daquela casa. Em um momento de tontura, senti como se ele passasse os dedos por meu pescoço. Recobrei a consciência. E o assunto voltou aos trilhos.

— Já caiu em alguma armadilha com cara de fã?

— Já... Conhecemos uma fã-carente com cara de Mogli que emocionou o coração dos Lee/ Carvalho, e tivemos a infeliz ideia de convidá-la a passar um tempo em nosso lar sagrado. O mais inconveniente, porém, foi que a menina passou a aborrecer outros renomados usando nosso santo nome em vão. Durou um bom tempo até termos o retorno dos incomodados. Famosos que ligavam em casa, quando não estávamos, eram assediados abertamente. A garota também ficava pedindo favores, discos, entradas para shows, coisas assim. Compramos uma passagem de avião e despachamos a fã-engano para sua terra natal com uma graninha extra. O que tem de roteirista de cinema e do eskimbau que diz que me ama, que é meu fã, que me entende e, assim que me conquista, a primeira coisa que faz é tirar a causa animal da história quando quer levar minha vida para a telona não é brincadeira. Fã-bocejo. Ah, teve uma fã-autointulada-oficial que se achou dona da cantora e virou fã-encosto. Quem manda eu ficar com pena e dar corda, não é?

— Qual era o comportamento dela?

— A mulé entrou numas de que era minha cara-metade e que o destino haveria de nos unir para sempre: simplesmente resolveu estabelecer um prazo para eu abandonar marido e filhos, e ir viajar com ela pelo mundo. Um bom conselho que recebi na época é de que com fã-psicose não se brinca e não se briga: pulveriza-se.

— Algo mais?

— Ah, também teve uma outra que começou a mandar diariamente uma rosa vermelha junto de um bilhete escrito com sangue (será que era de menstruação? Argh!) dizendo "Um belo dia eu vou matar você!". Claro que um advogado amigo foi acionado para dar uma prensa na Frida Krueger antes que minha vida virasse sexta-feira 13. O mais louco de tudo é que se descobriu depois que a doida era uma juíza criminal. Fora o resto.

— Muitas experiências com fãs mulheres...

— Acho que meu jeitinho tomboy deixa as mina que gostam da fruta assim. Tem muitas que juram amor eterno e nem conhecem a minha discografia. Querem mais é fantasiar uma briga de aranhas com a cantora.

— E o que você acha?

— Do quê?

— Disso.

— Acho que sexualidade não se discute, e cada um faz o que quiser da sua. Já deu de gente preconceituosa e antiquada, não?

— Você parece ter um enorme fã-clube gay.

— Talvez porque essas pessoas tenham bom gosto?

— A analisada já está com a autoestima lá em cima, hein? — dispara a irmã-grampo.

— Uma vez, conheci um fã que disse que a família não o aceitava. Ele disse que minha música o ajudava a seguir em frente. Corta para uns dois anos, no lançamento de um livro meu, quando chega uma mulher

linda e diz: "Lembra de mim? Um belo dia resolvi mudar e fazer tudo o que eu queria fazer". Ela me contou que passou pela transição e que finalmente se reconhecia. Sou fã de pessoas trans.
— Elabore.
— Não imagino o sofrimento de uma pessoa não se reconhecer no próprio corpo. Mas admiro a coragem de chegar e dizer: "Demito essa figura e vou me tornar quem eu quiser". É uma maneira poderosa de encarar a vida. Gostaria de ter algum poder paranormal de fazer com que essas pessoas não sofressem.
— Falando em paranormais, já teve fãs com premonições?
— Uma vez, uma fã-famosa que virou crente foi atrás de mim e ficava repetindo: "Eu SEI que você NÃO está bem. Você TEM que se conhecer em JESUS!"... Ah... como se eu já não fosse fã do Mestre desde meus tempos de anjinho de procissão. Querida, você devia ter me enviado uma oração dele em vez do seu dedinho acusador.
— Já passou por experiências transcendentais com ídolos?
— Certa vez fui participar de uma mesa branca, e a médium falou que Dolores Duran mandou dizer que era minha fã. Adorei ter uma fã-tasma da qual eu era

O MITO DO MITO

grande admiradora também. Sempre sonho com James Dean. E os sonhos são reais. Juro que posso senti-lo andando por onde estou. Uma fã-vidente uma vez me disse que eu abro o portal por ter muitas fotos dele espalhadas por meu quarto até hoje.

— Interessante... Você acredita nisso?

— Eu quero acreditar que tenho algo especial com ele. Um aniversário, ganhei do Gui, meu melhor amigo, uma memorabilia americana que fiquei babando: era uma caixinha, lacrada, com um pedacinho de tecido de uma roupa usada por James Dean em um set de filmagem, com certificado de autenticidade e tudo. Eu abri cuidadosamente e cheirei o pedacinho de pano como se cheirasse a cueca dele... Foi uma experiência transcendental.

— Isso você não me mostrou! Assim que a gente sair daqui eu quero fazer a mesma coisa — berrou o ponto.

— Alguns fãs da madame também passaram por experiências inexplicáveis?

— Aí é que está. Recebo alguns testemunhos do tipo... Teve um que jura que conseguiu ouvir o número para jogar na loteria quando escutava uma música minha. E ganhou uma bolada.

Rita Lee

— Vai falar só de coisa boa? Conta daquele que foi tomado por um espírito, ou sei lá o quê, enquanto escutava "Doce vampiro", e chamaram até padre para exorcizar. Você estava fora e sobrou pra mim ir até lá, vestida de Rita Lee — sugeriu o ponto, que sempre adorou se vestir de ritalee. Não vem com essa, não.

— Teve também um que foi internado num hospício e que só desenhava maçãs, dia após dia. O pai dele me contou que ele pirou ouvindo *Fruto proibido*, um disco que lancei no século passado.

— Ah, bom. Tem que contar o lado estranho também — assentiu a irmã-grampo.

— O que seu lado fã gosta?

— Então, doutor... Karmanghia. — Acho que ouvi dentes rangendo. — Quer dizer, desculpe... Kasperhauss. De repente estou me sentindo tão à vontade que vou confessar uma bizarrice minha. Eu adoro ver cadáver! Me convidem para velórios, mas em enterros não vou nem morta. Acho o cúmulo do desperdício a existência de cemitérios (mesmo tendo vasos bonitos para roubar). Aprendi isso com meu pai. Há tanta gente viva no planeta sem ter onde morar, e toneladas de ossadas lá, ocupando grandes espaços nas cidades. Já estamos no terceiro milênio, está mais do que na hora

O MITO DO MITO

de nós, humanos, adotarmos a cremação. É um método moderno e tão mais higiênico.

— Não vai contar que pintou as unhas do vovô de vermelho no caixão? — disse o ponto. Pintei porque Vivi me acordou no meio da noite e mandou ir à sala onde estava o corpo do vovô sem nenhuma alma viva por perto. No dia seguinte a italianada quase faleceu de pânico. Uma tia médium, e tem sempre uma tia médium, disse que era um aviso do mundo dos mortos. Minha mãe sabia que a traquinagem era mesmo do mundo das filhas.

— Podemos prosseguir?

— Ah, sim, desculpe. Me perdi nos pensamentos. Então... junta-se meu lado curioso em relação a cadáveres ao meu lado fã, pois devo admitir que gosto de funeral de artista. Conhecemos a popularidade de um artista pela performance dos fãs tão logo anunciam a morte do famoso. Fila para dar um adeus ao caixão é um *must*. Gente da imprensa escreverá mais sobre as qualidades e os triunfos do falecido do que sobre seus defeitos e suas derrotas. Artista quando morre é sucesso de bilheteria, campeão de audiência e carnaval nacional. Artista morto é mito.

— Se você morrer antes de mim, eu te mato! — o grampo sempre fala isso pra mim. Vivi, por alguma razão cármica, virou a coveira da nossa família e cuidou de todos aqueles trâmites burocráticos chatos. Acabou sobrando para ela porque vira e mexe calhava de eu estar fora do Brasil nessas ocasiões. Tadinha.

— Tem artista que se vai e ninguém nem toma conhecimento. Só quando, em premiações, há a parte de mostrar quem partiu naquele ano. Pois é, os estrangeiros pelo menos homenageiam todos os artistas mortos, maiores ou menores, como acontece nas festas anuais do Oscar. Aqui, nem sequer são lembrados ainda vivos. Mas nunca se deve cometer o maior dos erros: morrer em dia ou época que algo importante esteja acontecendo. Pobre da celebridade que morre no meio de uma Copa do Mundo, quando torres estão desabando ou durante um tsunami, isto é, tragédias muito maiores que uma simples morte. Se morrer e deixar uma obra recém-lançada, ou inédita, a família agradece. O ideal, para ficar famoso para sempre, é morrer jovem. Se o artista resolver envelhecer, tem que continuar trabalhando para não sumir das paradas. Do contrário, só vão sair duas linhas sobre o falecimento na última página do caderno de artes.

— E a bajulação entre iguais?

O MITO DO MITO

— Celebridade fã de outra celebridade é bacana. Artista sabe quando outro artista está sendo sincero nos elogios.
— Aquela cantora mala é mais falsa que diamante de quenga. — Eita que o grampo não perdoa a outra. — Chata, arroz de festa de todos os shows, buscando um prestígio que ela jamais terá. Fale, fale!

Positivamente, minha irmã não bate com o santo dessa cantora. Que a fulana é chata, é, mas eu não estava lá para falar sobre isso, *catzo*. Mas... por via das dúvidas...

— Existe uma situação bastante constrangedora. Muitas vezes um mezzo-famoso se gruda num big--famoso para conseguir prestígio na carreira. Conheço várias peças desse jogo de interesses. Às vezes, o mezzo entra no camarim levando a tiracolo seu fotógrafo particular e posa lá de amigo íntimo do big. E é muito engraçada a perseguição de gato e rato entre ambos. Certa vez, fui convidada a participar do especial de um cantor brasileiro superstar. E eu vi, com estes olhinhos que o fogo do crematório há de queimar, como o big, que já sabia das segundas intenções, se desvencilhava do mezzo durante o ensaio, nas coxias, no camarim e por toda a noite que se seguiu. A cada tentativa do mezzo para tirar uma foto, o big baixava a cabeça ou olhava pro outro lado. Se o mezzo vinha querendo levar papo, o big fugia para o banheiro. Quando o mezzo tentava alugar o ouvido com uma musiquinha de sua autoria, o big ia atender ao telefone. Mas a coisa realmente fedeu quando o mezzo quis palpitar sobre o repertório que o big deveria apresentar no especial. Foi preciso que o diretor do programa chegasse no aventureiro e explicasse que a celebridade não necessitava de ninguém para dizer o que deveria ou não fazer. Até hoje esse mezzo continua no seu mundinho do faz-de-conta-que-eu-sou-importante-na-história-da-música-brasileira.

— Existe algum lugar em que seus fãs jamais irão ver você?

— Existe: no rodeio. Eu odeio rodeio! Conheço de cadeira a saga dos pobres bichos nesse local. Uns dez anos atrás, a mídia andou concluindo que eu estaria declarando guerra não aos rodeios, e sim aos artistas sertanejos. Não é o caso, o que acontece é que eu não tenho nenhuma boa vontade com quem vende o prestígio de sua fama para qualquer tipo de evento que humilha e tortura bichos publicamente. Sei que alguns famosos dão um migué sobre os campos de concentração de animais, outros nem querem saber, contanto que recebam cachês superfaturados. Vem cá,

O MITO DO MITO

o que custa o artista se informar sobre onde mete seu bedelho? Existe grana bendita e grana maldita. Não sei se você sabe, mas sedém não provoca cócegas, provoca dor. Ou você também acha normal os bezerrinhos serem laçados com requintes de crueldade?

— Mas não acha que existe muita criança pobre no mundo para se preocupar com bichos?

— Tenho um ótimo lugar para você enfiar sua teoria...

— Dá uma porrada nesse inútil, agora! — Eu estava quase fazendo aquilo que o ponto me sugeria...

— Paro por aqui antes que eu perca a calma com o doutor. E que a minha fã-verdinha baixe e comece a falar de abatedouros, farras do boi, vaquejadas, zoológicos, animais em circo, touradas, criadouros de animais "de raça", carrocinhas, rinhas de galo, charretes, cavalinhos abandonados depois de uma vida de exploração e outras aberrações.

— Favor não contar do nosso plano de jogar as bombas, hein! — lembra Vivi.

Rita Lee

3h

AS TRÊS BADALADAS

— Como encara o fato de que alguém que não é sua mãe nem seu parente goste tanto de você?

— Sinto o amor que essas pessoas têm por mim, e, sinceramente, não sei como retribuir. Mesmo assim, elas se mostram tão gratas. Eu gostaria de dizer como isso me faz muito bem. Mas não entendo o que veem em mim. Talvez até fiquem um pouco decepcionadas comigo, já que minha pessoa não condiz com minha imagem no palco, coisas assim.

— Voltou com a história de decepcionar...

— Sei lá, a gente acaba confundindo as coisas.

— De que maneira?

— Sou daquelas que chamam atores e atrizes pelo nome dos personagens das novelas. Estou tentando trabalhar isso. Sou noveleira desde os tempos de O direito de nascer da TV Tupi. Implorei semanas para minha madrinha me levar até as lojas Clipper para ver Albertinho Limonta ao vivo. Eu adoro um glamour hollywoodiano. Na festa do Oscar, que tem celebridades aos montes, é proibido economizar exuberâncias, gafes e cafonálias. Hollywood já não seduz como antigamente, então me divirto assistindo à arte da autobabação. Um artista europeu concorrente ao Oscar se sente patinho feio no ninho dos pavões imperiais. Sim, sendo uma velha hippie comunista, desprezo meu deslumbre pela festa do Oscar, mas o que uma fã-com-afã como eu não faz para ver os famosos do telão. É prazeroso falar mal das roupas, achar horrível o penteado, flagrar as canastrices deles. Já notou como gringo arrumadinho para festa tem um certo *côté* brega? Superproduzidos ficam parecendo mórmons. E todos revelam suas origens humildes quando ganham prêmios. Assisto aos principais filmes que concorrem e quase sempre fico indignada porque meu escolhido não vence. Aprendi a ser fã-de--festa-de-artista por causa do Oscar. Adoro artistas

Rita Lee

de cinema. Mais do que os de música, pintura, teatro, TV, rádio e o eskimbau.

— Talvez você fosse gostar de estar lá e ser um deles?

— Talvez você esteja confirmando que há cinquenta anos sou uma atriz fazendo papel de cantora e ninguém diz que sou canastrona (pelo menos não na minha frente)?

— Por quem do cinema você faria uma loucura de fã?

— Brigitte Bardot! Vou confessar que BB foi a primeira fêmea famosa por quem senti atração física, dessas que a gente largaria tudo para ir atrás. Como casar com ela era missão impossível, tentei pelo menos incorporar seu visual, começando por aloirar os cabelos e contornar os lábios para ficarem mais carnudos. Não deu muito certo, pois faltava em mim o mais importante: um corpinho escultural. Uma vez, numa viagem para a Europa no fim dos anos 1960, corri atrás dela, que concedia uma entrevista coletiva. Ali, eu era fã da atriz, da mulher mais bonita que já pisou na Terra. Anos depois, ela jogou tudo para o alto e foi defender os animais. Ali, minha fã virou mais fã ainda. A adoração que tenho por tudo o que ela faz pelos bichos faz com que eu até desconte uns absurdos que ela fale aqui e ali... Há alguns anos, Gui Samora, amigo que também é meu editor, se tornou editor de

BB, e não é que nós passamos a trocar e-mails? Um sonho! Esse foi o melhor presente que ganhei em toda a minha vida. Ela me mandou fotos autografadas, e eu enviei meus livros e um cristal phantom para ela. Cheguei a me imaginar fugindo para Saint-Tropez e vivendo com ela, duas velhinhas dormindo de conchinha entre trocentos bichos. Serei fã de BB até que a morte nos separe. Minha musa envelhece dignamente na companhia dos seus melhores amigos: os animais. Defender bichos é uma questão de honra pessoal. Incomodamos gente poderosa que passa batido pelas leis ambientais. A indústria do sofrimento animal gera verdadeiras fortunas, inclusive para comprar a consciência de qualquer autoridade. Mas sou apenas uma pobre cigarra zunindo nos ouvidos de formigueiros gananciosos. Queria ser um tamanduá. Posso dizer que, por causa de BB, eu entendo o amor dos fãs.

— Hmmmm... Tem algum tipo de fã que você não entende?

— Apesar de não ter feito uma análise mais profunda, existe a espécie fã-porta-de-fábrica. Lembre-se de que sou de uma geração que para ser fã de um deus o cara tinha que pelo menos saber voar. Até o momento, não consigo entender a alma do fã-reality show. O único do gênero que assisti com meu *côté* noveleira foi a primeira edição de *Casa dos Artistas* porque sou fã do Supla. Certamente, quem deve perder sou eu, uma vez que a modalidade continua firme e forte por aí.

— Posso ler isso aqui? — pediu o doutor, abrindo o meu caderno de anotações.

> *Santo Antônio era fã do menino Jesus. Em todo santinho, estão os dois juntinhos. Madonna deve ser fã de Marilyn Monroe, mas nunca confessa. Michael Jackson e Elizabeth Taylor eram a mesma pessoa. Roberto Carlos é fã de João Gilberto. Os Beatles eram fãs de Elvis, que quando teve um encontro com eles os esnobou duramente. Os Rolling Stones são fãs de Chuck Berry. Minha gata é fã do meu cachorro. Eu não sou fã de mim porque tenho a Lua em Virgem.*

— E esse outro papel, com letra caprichada?

Para Leila Diniz

Certa vez Leila e seu sorriso de coelhinha me fizeram sentir uma Alice no País das Maravilhas. A primeira vez que nos cruzamos foi quando ela gravava cenas internas da novela O Sheik de Agadir, e eu ensaiava "Ando meio desligado" com os Mutantes para o Festival Internacional da Canção (FIC), ambos na Globo. Leila passou por mim vestida de noiva — tal qual o coelho na história de Alice — e me deu uma piscada marota, o que me fez dar meia-volta e segui-la até o estúdio. Chegando lá, descolei um canto para assistir à gravação na moita. Era uma cena dramática: a noiva infeliz estava prestes a se casar com um homem que não amava, pois seu coração já pertencia ao Sheik. A performance de Leila foi tão brilhante que recebeu aplausos gerais. Quando todos já haviam saído do estúdio, ela fez um sinal para eu me aproximar. Estava com o rosto sério, ainda carregando a tristeza de sua personagem. De repente puxou o vestido até a canela e, com uma gargalhada gostosa, me mostrou um par de tênis vagabundo por baixo do figurino luxuoso. Ela era mesmo sapeca, e aquela demonstração de cumplicidade me deu confiança para enfrentar o abaixo-assinado que rolava nos bastidores do festival para expulsar a guitarra elétrica.

Acontece que Augusto Marzagão, o diretor do festival, sabia que a presença circense do grupo só iria enriquecer o espetáculo, mesmo que o descontentamento dos indignados de plantão fosse intimidante. Assim sendo, ele empurrou a crise com a barriga e ainda deixou que eu garimpasse o guarda-roupa da Globo para achar algum figurino. A última vez que cruzei com Leila foi numa sala de maquiagem. Éramos então "velhas amigas" porque eu já estava acostumada a fugir dos ensaios para bicar as gravações e depois darmos boas risadas juntas. Enquanto aprendia a manusear o delineador, aluguei os ouvidos da coelhinha e contei sobre o barraco que estava rolando, da minha insegurança, do desprezo de alguns participantes, do clima tenso etc. No fim perguntei na maior cara de pau se eu poderia usar o tal vestido de noiva da novela na apresentação do Maracanãzinho, daquele jeito mesmo, com tênis e tudo. "Claro que sim, e garanto que vai te dar a maior sorte! Além do que a novela já está no finzinho e não tenho mais cenas com aquele vestido. Provavelmente, vão desmontá-lo para aproveitar os tecidos e bordados. Mas, peraí, seu pé é bem maior que o meu, melhor trazer seus tênis, né? Tenho certeza de que vai ser genial, vou estar torcendo por você!"

Nós nos classificamos para a finalíssima. Tornei a me vestir de noiva e dessa vez adicionei uma baita barriga de grávida, o que gerou ainda mais protestos internos. Fiquei de devolver os figurinos para a Globo no final da apresentação, mas entreguei só as fantasias dos meninos. Dia seguinte eu já estava em Sampa e o vestido de noiva passou a morar definitivamente no meu guarda-roupa. Quando soube que o avião de Leila explodiu no ar, pensei: Diniz rima com feliz. Pena que aquela coelhinha passou tão apressada pela minha vida. Mas, pensando bem, a moral da *história de todas as grandes artistas não poderia ser outra: lugar de estrela é no céu!*

— Pegue de volta!!! — grita a mana ao telefone.

Já afanaram muitos escritos meus, por isso essa aflição dela. Minha irmã vive me chamando de besta por causa de um disco, considerado pela crítica como a obra-prima de um famoso, com muitas letras minhas não creditadas. Irmã-fã, mas sem passar a mão na cabeça.

4h

AS QUATRO BADALADAS

— E as manias que só rolam nos bastidores?

— Conheço historietas folclóricas sobre grandes brasileiros. É sabido, por exemplo, que Roberto Carlos não se sente confortável na presença da cor marrom e lava as mãos sempre que cumprimenta alguém. Não sei como anda agora, depois de cuidar de seu TOC. Uma rainha-cantora não permite que se dê marcha a ré no carro onde ela é transportada, e nem que seus produtores conduzam shows de atrações que ela julga serem menores que ela. Raul Seixas acreditava que nascer no Brasil era castigo divino e fazia questão de só falar em inglês comigo. Tom Jobim conversava compulsivamente com árvores e passarinhos. João Gilberto só falava ao telefone entre as quatro e as nove da manhã. Elba jura que foi chipada por ETS. Uns só se vestem de branco, outros de preto. Fernanda Montenegro já declarou que precisa comer muito bem antes de entrar no palco. Diogo Vilela não toma nem água. Tem um roqueiro brazuca que entra no palco tão chapado que atropela músicos, letras e microfones. Bem, isso não é nenhum furo de reportagem. Artistas evangélicos oram antes, oram durante e oram principalmente depois que os bolsos já estão cheios de dízimo. O que tem de ex-peladonas e ex-drogados arrependidos que viram evangélicos não é bolinho.

— E uma mania recorrente de fã?

— Hoje tem meme, não é? E tem fã que adora decorar e dublar fala de artista. E depois acham que se fizerem isso na frente do imitado, receberão abraços e beijinhos sem ter fim. Mal sabem que estão andando na prancha do navio pirata. Certa vez, passei por uma saia justa dentro de um elevador. Entra uma senhora muito simpática e, ao me olhar, demora um tempo até cair a ficha. Assim que caiu, ela começa a cantarolar trechos de músicas minhas. A cada andar era uma. E eu lá, só no sorrizinho, não vendo a hora de descer. A mulher sabia até os "tchu biru dau daus". Como eu desejei que aquele elevador fosse movido a turbina.

— E para vencer as etapas do game que é chegar perto do ídolo?

— É só me soltar na frente deles. Eu adoro dar autógrafo no seu lugar. — O grampo gosta mais ainda quando acham que eu é que sou a irmã. Quantas vezes Vivi foi às compras e pediu altos descontos se passando por mim.

— Para chegar até o deus, todo mortal deverá passar antes por uma comissão de frente. Quando não é a mãe/ a esposa/ o pai/ o marido/ o herdeiro do próprio, o principal personagem do *entourage* é a babá porta-voz. Uma espécie de assessora. Entre outras tarefas, tal figura fica encarregada de tomar as primeiras porradas caso deus entre em pânico, por exemplo. E bota deus entrando em pânico na vida de uma babá. Já a fama de grosso e intolerante recai infalivelmente sobre o empresário, papel este muitas vezes exercido pela mãe/ esposa ou pelo pai/ marido ou pelo herdeiro. Enquanto isso, deus fica no pedestal do criativo e do educado, alheio a tudo que possa estar acontecendo, fazendo-se de coitadinho alienado. Não se iluda. Artista tem que se fazer de malandro para se equilibrar na corda bamba da malandragem que o métier exige.

O MITO DO MITO

— Mas quais seriam as principais regras do cerco?

— O protocolo educado sugere o seguinte: para um contratante, por exemplo, na primeira aproximação, fica combinado que o artista não estará disponível. Alguém fica encarregado de filtrar e passar as informações do mundo interno para o externo e vice-versa. É aconselhável o artista não dar bandeira de ser um qualquer. No começo da minha experiência, eu me passava pela babá de mim mesma. O nome da rosa era Rosa, e eu atendia o telefone no estilo clínica: "RLJ Produções, boa tarde. Meu nome é Rosa, em que posso ajudar?". Não se deve contar a ninguém quando o artista se encontra doente. Fragiliza a imagem e gera boatarias na mídia. Para justificar a ausência, é comum dizer que o celular dele está fora de área e no momento não há nada que se possa fazer para encontrá-lo. Se ao telefone a babá se embananar com uma pergunta inusitada, provavelmente a mãe/ a esposa/ o pai/ o marido/ o herdeiro estará ao lado orientando com mímicas ou bilhetinhos.

Muitas vezes o artista está no exterior, mas certamente o recado de quem telefonou lhe será transmitido. Artista adora mandar dizer que está no exterior. Um retorno será dado assim que deus voltar de suas férias em Miami. Artista adora Disney. É conveniente informar que a agenda está lotada, pega mal saber que deus tá de bobeira, e não custa dar o telefone do empresário.

— Posso dar uma olhada nessas outras anotações?
— Oh céus, oh vida! — choraminga o grampo.
— Pelo preço que estou pagando, quero tudo analisado tim-tim por tim-tim.
— Vejamos, então.

A média da mídia

Os recém-formados no crime

Para você, jovem que quer trabalhar na mídia, uma orientação: quando for entrevistar um famoso com mais de trinta anos de estrada, busque se informar antes sobre a vida dele, a trajetória profissional, os momentos mais relevantes. Enfim, faça sua lição de casa. Evite perguntar como foi o começo da carreira do cara, por exemplo. Pense o quanto o coitado já está cansado de ter respondido isso ao longo dos anos, e você ali, alegrinho, achando que está fazendo uma revelação ao mundo. Uma sugestão: procure adivinhar quais as perguntas óbvias que seus outros colegas farão e faça outras mais espertas. Por exemplo, você vai entrevistar o cantor que acaba de lançar um novo trabalho, em vez de querer saber o porquê do nome do disco (dãã), pergunte: se o cara usou Pro Tools, que é um computador que corrige as imperfeições vocais; se ele acha chato dar entrevistas; se ele já pagou mico em programas de televisão; se é contra jabá; essas coisas. Você nem imagina como os artistas escutam as mesmas perguntas. Para evitar essa mesmice, você, que pretende ser um jornalista bacana, pode muito bem antecipar algumas jogadas desse xadrez.

Os mal-intencionados

Se você é um entrevistador e já vai munido com perguntas agressivas, não espere que o entrevistado te dê flores. Se perguntar não ofende, responder também não. Seja uma pessoa de imprensa franca e honesta, não se faça de anjinho na frente do artista e, na calada da redação, vire o diabo só porque seu editor cobra esse papel. Já caí no conto de um cara, coleguinha do meu filho, que frequentava a minha casa e se aproveitou disso para se aproximar. Quando teve alguma confiança de minha parte: crau! Fã-traição-de-Judas. Mandei pastar, bloqueei das redes e da vida, e devia ter ficado mais atenta quando meu sexto sentido dizia que não devia acreditar no moço.

A formiga-cantora

Acredito que haja muita formiga que desistiu de virar cigarra, ou seja, um crítico musical com potencial para ser um ótimo músico, mas que não teve oportunidade e foi escrever sobre os outros. Realmente, enfrentar a falta de visão dos produtores de gravadoras não é bolinho, não. A tendência dessa gente é clonar artistas-relâmpagos e fim de papo. Não há o menor interesse no trabalho de uma pessoa talentosa que sabe perfeitamente o que quer e não se sujeita a nenhum produtorzinho "eshperto" para gravar a composição de um amigo da tia de sua esposa na mesma onda de algum clonado das paradas de sucesso.

Formiga amiga, não desista nunca de ser uma cigarra, faça o seguinte: junte uma graninha no papel de crítico até poder comprar um estúdio caseiro e gravar seu trabalho do jeito que bem entender. E lembre-se de que essas big gravadoras estão na UTI.

— O tempo inteiro você criticou a crítica. Não existe a boa crítica, ou o bom crítico? O artista nunca tira uma liçãozinha de uma crítica justa?

— Eu levo em consideração pra caramba quando um crítico demonstra que escutou meu disco várias vezes, e que, portanto, tem conhecimento para abordar certos cacoetes meus que poderiam muito bem deixar de existir. A intenção dele não é dizer o que devo ou não fazer. Apenas mostra algo que me passa despercebido porque a gente nem sempre tem um distanciamento saudável de nós mesmos. Gosto também quando o cara chega com perguntas pertinentes, e até tento desconversar na malandragem. O que me enche o saco é aquele cara do "não ouvi e não gostei", o crítico bola da vez, que sempre tem que fazer o papel de maldito para aparecer mais que o artista. Ou aquele do "antigamente tudo era bem mais chique", viúvo de um tempo que deixou de existir. Sabe que tem muito crítico que não perdoa aqueles artistas que sobreviveram ao tempo e que continuam a fazer sucesso?

5h

AS CINCO BADALADAS

— Até agora, achei muito interessante seu senso de análise. Observa situações e pessoas e monta um quebra-cabeças. Você seria uma boa analista.

— Ih, esse cara está achando que você vai dar pra ele. Cuidado! Está cheio de elogios — vocifera o ponto.

O doutor se aproxima com mais uma xícara da bebida. Perto demais, talvez. Sinto um arrepio na espinha. Um gato se aproxima.

— Nossa, quantos gatos o senhor tem. E tão carinhosos, deitam-se no colo da gente e ficam ronronando.

— Os gatos melhoram qualquer ambiente. Em muitas situações de emergência, os animais substituem os humanos.

— Ele gosta de gatos, a casa não tem criança e ainda é canhoto? Tenho que admitir que ele tem muitas qualidades — amansou Vivi nos meus ouvidos.

O doutor continuou:

— Pelo visto você se observa enquanto fã, observa seus fãs e os seguidores de outros astros há um bom tempo. Conte uma situação mais específica que a tenha marcado.

— Bem, estava eu chegando ao Teatro Aquarius para um show quando uma senhora toda vestida de preto solicitou uns minutinhos do meu tempo. Gosto de senhoras de preto. Dona Nair então tirou da bolsa fotos e fotos do filho na frente de paredes e paredes forradas com a minha cara, parecia um quartinho de milagres cuja santa maior era eu. "Meu filho tinha Deus no céu e você na Terra, era seu fã número um. Agora está morto e só você pode fazer justiça." Tentei desconversar: "Realmente, eu nem posso imaginar o que a senhora sente. Mas seu filho agora está num lugar bonito, fico feliz que eu tenha proporcionado alguma alegria e...". Ela nem esperou eu terminar e emendou: "Por acaso se lembra de um show que os Mutantes fizeram em Itaquera e vocês tiveram que sair apressados do palco porque um jovem havia sido morto? Pois é, era meu menino...". Apesar de o fato ter acontecido havia séculos, me lembrei no ato daquele que foi o Festival Altamont dos Mutas. Eu praticamente assisti a tudo da altura privilegiada que o palco oferecia. Dona Nair pediu se poderia apenas me fazer uma única pergunta antes de ir embora. "Você viu onde exatamente estava o corpo do meu filho?"

"'Se bem me lembro, tudo aconteceu à direita do palco, do meio do público para trás. O tiro foi alto pra caramba, a onda de cardume humano abriu espaço ao redor dele e assim pude ver onde ele caiu, mas juro por todos os santos que não sei quem atirou, sinto muito, dona Nair. Nada vai trazer seu fi...' Ela me interrompeu, agradeceu e já estava se retirando quando me bateu uma baita compaixão por ela. Tadinha, ela perdeu o filho num show de rock, o quarto do moleque todo cheio de altares para mim, pensei eu. Meio culpada chamei *la madre loca* para o camarim como forma de lhe dar um colinho, e ela na empolgação entregou a história completa. O assassino do filho era um policial do bairro e nunca fora preso por nenhum dos vários crimes que cometera ao longo dos anos. O canalha passava sempre por ela dando uma risadinha, ele sabia

O MITO DO MITO

que ela sabia que foi ele, e ficava de implicância com a pobre. Numa primeira instância foi absolvido porque, segundo a defesa, o filho de dona Nair estaria fazendo arruaça na catraca do clube tentando entrar sem pagar, e, como teria ficado violento, foi apagado antes. 'Justo ele, sempre o primeiro da fila para comprar ingresso, ele não poderia deixar jamais de ver e ouvir sua Rita Lee adorada. Sabe, eu até ajudava a arranjar fotos suas para decorar as paredes de casa, você foi uma inspiração de vida para ele.' Dona Nair foi narrando fatos do seu dia a dia a partir da morte do menino. E aquela história foi crescendo em mim. Eis que diante de uma dona Nair atônita, assumo minha guerrilheira justiceira e me decido a ir depor no fórum. Tudo o que eu teria que fazer era contar o lugar de onde avistei o corpo, ou seja, lá do palco. Isso bastaria para provar que o policial mentiu ao dizer que ele estava fora do salão na hora em que foi morto. Saí do fórum aliviada com a consciência do dever cumprido.

"Em pouco tempo dona Nair, além de alugar meus ouvidos com seus agradecimentos pela prisão do assassino, virou amiga de Chesinha, e, juntas, aprimoraram a devoção ao Imaculado Coração de Maria. Era uma tal de imagem de santa Rita pra lá, são João pra cá, missa de defunto ali, visitas a cemitérios acolá. Aquelas mães estavam felizes e sabiam. Resumindo o lado mundano da ópera, não demorou nem um mês para o tal policial sair do xilindró e recomeçar a perturbar dona Nair, que, não aguentando a pressão, acabou se mudando definitivamente para o túmulo junto com o filho. Quanto a mim, mexer com meganha não foi um bom negócio. Pouco tempo depois da minha cena heroica no fórum, policiais fantasiados de roqueiros invadiram minha casa de madrugada e plantaram cannabis até no vaso sanitário, enquanto outros meganhas interditavam o teatro Aquarius proibindo definitivamente a temporada do show *Entradas e bandeiras*."

— Lembra da piada que rolou sobre sua prisão? A Rita deu tanta bandeira que acabou entrando! — Putz, eu lá bancando a coitadinha para o alemão e Vivi tirando sarro.

5h30

NENHUMA BADALADA

— Por várias informações, estou sabendo que você assume sua esquizofrenia na frente de qualquer pessoa ou em qualquer lugar, e disfarça isso se travestindo de personagens. Esses seus personagens também têm fãs, ou são ídolos de alguma alma desavisada?

— Muita gente diz que recebo o santo, mas eu fico com sua teoria de esquizofrenia pública. Então, vamos lá:

"Gungun Lucia do Amaral de Orleans e Bragança, nome inventado por ela mesma, é a criança que parou nos seus três anos e meio desde que baixou em mim séculos atrás. Essa infanta insuportável não é ídolo de ninguém, em compensação é uma histérica fã-vira-casaca de celebridades-relâmpagos. Pela sua lista já passaram: Menudos, Polegar, Backstreet Boys, Tiazinha, Britney Spears, Justin Bieber, Anitta e tantos outros que nem consigo lembrar. Geralmente Gungun aparece quando menos se espera, e os menos avisados acham que estou simplesmente imitando uma criança. Mas quando a menina aos berros começa a fuçar na bolsa das mulheres e na carteira dos homens em busca de dinheiro, as pessoas se desconcertam e fingem achar graça. A coisa se complica de vez quando Gungun começa a distribuir impropérios e palavrões para todos os presentes. Já as crianças entendem de cara as barbaridades dela e logo começam a desinibir também suas mais íntimas loucuras infantis, para desespero dos pais que assistem à cena. É órfã e carente, mas de tão insuportável não consegue qualquer misericórdia. Gungun atazanou tanto meus filhos quando eram pequenos que hoje eles se vingam legal dela. Basta a peste querer chamar atenção para receber beliscões ou, pior de tudo, o completo descaso. As namoradas deles também sofrem nas mãos da irmãzinha mais nova que ameaça contar passagens indiscretas dos irmãos mais velhos sempre em troca de dinheiro.

Rita Lee

"A prognata nazi-quatrocentona-decadente Regina Célia Di Macedo Soares, Gininha para os mais íntimos, de idade desconhecida, é mineira de nascimento e declara que possui apenas um único ídolo: o compositor alemão Richard Wagner. Todos os dias ela e o irmão Ernesto, que sofre de Alzheimer, se deliciam ouvindo as músicas do mestre. Gininha nega, mas sabemos que Frank Sinatra também balança seu coração. As más línguas contam que teve um romance fogoso com Getúlio Vargas e até pressionou o ditador para que escolhesse entre ela e Virgínia Lane. Vargas ficou com Lane, o que causou em Gininha um ódio mortal por todas as namoradas de seu querido e único sobrinho, Roberto. Até hoje não se conforma com o casamento do rapaz e vive dizendo que a cantorinha de rock atrapalhou a carreira dele no Itamaraty. Uma fonte não identificada jura que Gininha tem uma queda por moçoilos bonitões e musculosos.

"Aníbal Cantídio Wenceslau de Gusmão, o malandro corintiano fanático, é a cara do Joel de Almeida, magrelão, com bigode fininho e chapeuzinho de palha. Além de qualquer rabo de saia que apareça pela frente, é fã incondicional dos sambistas da geração mais antiga, tipo Noel Rosa, Lupicínio, Cartola. Sua oficina, especializada em girabrequim, está sempre sintonizada em rádios AM. 'Ni qui' toca um samba moderno ele xinga os novos tempos e troca de estação, apesar de que Zeca Pagodinho é sangue bom. Conta que tem grandes amigões na área musical. Uns até lhe afanaram composições, mas deixou barato porque não tem grana pra pagar 'adevogado'. Jura que ensinou Gilberto Gil a tocar violão e, quando o encontra, cobra seus direitos autorais por 'Procissão'. Seu ídolo-mór é Roberto Rivellino, a patada atômica. Há séculos é noivo de Rosinha, uma morena daquelas gostosonas, e mesmo assim quem usa saia e não é padre tá na mira. Quando cai do cavalo, sempre acaba levando uns tapão nas oreia da futura esposa, mas não se emenda. Gal, que Aníbal chamava de Gracinha, era amiga de Rosinha e contava tudo pra ela. Já com Mari Bethânia se atira aos pés e promete noites calorosas na oficina, mas ela nunca retribui qualquer carinho. Aníbal não reclama porque sempre está de olho no que é que as baianas têm. Esse é um batalhador. Onde acontece uma roda masculina sempre aparece para comentar 'as bunda e os peito das mina' enquanto coça o saco e palita os dentes.

"E, por último, mas não menos importante, tem The Anymal. É o preferido da família Lee/ Carvalho, ele existe desde os primórdios da criação do Universo.

Rita Lee

Só aparece em casa. Não se sabe exatamente que tipo de bicho é, pode ser tanto um dinossauro quanto uma bactéria, depende das circunstâncias do momento, daí o nome '*any animal*' ou Anymal. Seria um personagem de desenho animado com vida própria que escapou de um gibi. Totalmente manso e bondoso, chega até a ser bobão de tão ingênuo. Expressa-se em inglês, mas já aprendeu algumas frases em português e um pouco de espanhol. Na verdade The Anymal é fêmea, tem pelos e penas, patas peludas e asinhas, e bota ovo nos mais diferentes lugares da casa. Quando meus filhos eram pequenos e levavam um amiguinho para brincar em casa, The Anymal pulava sobre o garoto e lambia a cara dele. Diante do espanto do amigo, meus filhos explicavam que a mãe deles gostava de imitar cachorro, que era uma brincadeira etc. Quem cuida do Anymal é o Wacko Boy, o irmão mais novo da Gungun, que 'baixa' no Roberto. O menino tem verdadeira paixão pelo bicho, passa muito mais tempo conversando com ele do que comigo ou com os filhos. The Anymal é fã de *Alvin e os esquilos*, quando ouve as musiquinhas sai dançando pela casa. Meus animais de verdade adoram estar na companhia do bicho, brincam muito, se lambem e às vezes comem juntos no mesmo prato. Dormem todos na minha cama: dois cachorros, quatro gatos e mais The Anymal. Sim, para caber essa trupe minha cama tem que ser super king size.

— Interessante... E você acredita mesmo em mediunidade?

— Sou brasileira. Tem sempre aquele pé no espiritismo, no candomblé... Digamos que eu não teria medo se um espírito baixasse aqui, agora.

Uma das cortinas se mexe. O doutor olha para o lado e, por um segundo, parece intrigado.

— Você já teve medo de palco?

— Não. Eu me sinto em casa no palco. Mas uma vez estava para entrar nele com um famoso muito mais famoso do que eu, de quem sou fã. Segundos antes, confessei ao renomado que estava um pouco insegura, ao que ele rapidinho me cochichou de volta: "Estou tremendo pra caramba, mas a gente finge que não!".

— E quais os medos dos fãs?

— Que você encha a cara de porcaria e tenha um troço. Ninguém aguenta mais esse seu número. — O grampo sempre na chincha nessas horas.

— Insegurança de fã é não ter notícia do artista. Não faz muito tempo estava eu desembarcando no aeroporto, depois de dias na estrada, louca pra chegar em casa e beijar filhos, bichos e plantas. E lá vem uma fã-mundo-paralelo me abordar: "Eu te adooooro!

Rita Lee

Por que você sumiiiiu? Por que parou de cantaaaar? Nunca mais vi você na TV! Você ainda mora no Rio?". Sabe aquela que faz a primeira pergunta e, sem ouvir a resposta, emenda mais cinco? Na despedida, a fã--saudosa disse que eu aparentava bem menos para a idade que tinha, e ainda sobrou tempo para perguntar quem era meu dermatologista. Foi gentil comigo. Tanto que desisti de provar a ela que eu definitivamente estava viva ou que nunca havia morado no Rio. E culpei a gravadora pelo meu desaparecimento da mídia. Músicos têm altas noias com gravadoras e empresários.

— Você tem algum medo recorrente?

— Além das baratas, eu morro de medo de avião, ou melhor, vivo com medo de avião. Novamente em uma situação de desembarque, minha mala demorando para chegar, e lá vou eu fumar no toalete para acalmar o pós-pânico da criança que precisava urgentemente de uma chupeta. Nada mais gostoso do que fumar em lugar proibido. Melhor ainda é fazer coisa proibida em lugar proibido. O banheiro estava vazio, mas mesmo assim me tranquei na salinha da privada. Ouvi alguém entrar. Pensei que fosse a moça da limpeza e continuei na minha. Odeio quem joga bituca de cigarro no vaso sanitário. A gente dá a descarga, mas a coisa roda e roda, e permanece boiando. Então sempre tenho o cuidado de apagar a ponta na água da privada, embrulhar o bicho e jogar no cesto ao lado. Mesmo não tendo feito xixi, saí para lavar as mãos e dei de cara com uma senhora hiper bem-vestida que me olhou de cima a baixo e me deu um baita esporro: "Rita Lee!!!! Você estava fumando!!!! Que horror!!! Você vai morrer!!! Não tem vergonha de poluir o recinto??? Você vai morrer por causa disso!!!!". Àquela altura eu já não sabia se tinha morrido mesmo num desastre de avião e ido parar no inferno com aquela diaba vestindo Prada. Escutei tudo calada; se fumantes hoje em dia já se sentem culpados por existirem, imagine levando esporro. Antes de sair, recompus minha elegância e respondi: "A senhora tem toda a razão, cigarro é uma merda mesmo. Mas essa sua roupa é completamente *last year* e você pode morrer atropelada antes de mim por estar vestindo esse horror mais fora de moda do que meu cigarro". Desculpe, estou cansada... Falando sem parar.

O doutor olha para o enorme relógio, bem ao lado da cortina.

— Minha cara, tudo tem sua hora. Embora sem limites, há que haver um fim. Refiro-me à nossa conversa, logicamente.

Rita Lee

— Meu, eu tô aqui com a bunda plissada e morrendo de fome. Pague o cara e vambora, vai. — Tadinha da mana, esperando godê na barraquinha hippie.

— Tudo bem, acho que foi bastante esclarecedora nossa conversa, só de falar pelos cotovelos me deu um baita alívio.

— Percebo que você, como fã, não tem cura.

— É. Nem quero. Minha vida seria besta sem meus ídolos.

— Mas o que diremos de quem é fã da madame?

— Meus fãs são realmente criativos e especiais. Sinto um ligeiro desconforto quando gastam dinheiro comigo, me dando presentes. Às vezes, acho que não mereço tanta atenção.

— De novo a história da atriz que faz papel de cantora, putz. Deixe de ser tonta. Você não enganaria ninguém por tanto tempo. — A falta de paciência de Vivi bateu em meu íntimo de maneira mais direta que qualquer palavra do tal doutor durante essas horas todas.

— Será? Será que eles enxergam algo em mim que nem eu mesma vejo?

— Como? — perguntou o doutor com certa curiosidade.

— Ahm... Nada, não.

O MI**T**O **D**O **M**I**T**O

Para mim, parecia que o tempo não passava, mas eu não estava sentada havia horas no chão como Vivi. E aquela bebida que passei a degustar durante a consulta me deixava cada vez mais alegrinha. Mas não era barato de bebum, não. Era uma mistura de energia, sagacidade e um tesão além do sexo. Só tomando mesmo para entender.

— Rita, alô? Fale comigo. Você está muda faz tempo. Fale comigo — repetiu Vivi. A mensagem com a foto do doutor esquisitão é finalmente entregue e pula aos olhos da tela do iPhone de Vivi — Rita! Saia daí agora! Esse filho da puta é aquele fã que acha que é um vampiro desde que ouviu sua música! Nem o exorcismo deu certo. Você corre perigo. Saia daí, agora! — gritou Vivi sem perceber que desligou a ligação no desespero e perdemos o contato.

Rita Lee

5h45

NENHUMA BADALADA

O cara, que estava parado na minha frente, chegava cada vez mais perto. Eu só consigo concluir:
— Sou fã dos meus fãs.
Tudo ficou escuro. Uma mordida no pescoço. Uma poça de sangue no chão e o corpo estirado.

6h

SEIS BADALADAS

Vivi, atordoada, percebe uma mão coberta por sangue em seus ombros. "Pronto, a próxima vítima sou eu." Ao olhar para cima, uma boca, também ensanguentada.
    — Rita! Você mordeu o doutor fake do pau pequeno!??

EPÍLOGO

Meu querido dr. Eric. Desculpe a intimidade, espero que esteja melhor da minha dentada em seu pescoço. Mas saiba que estou eternamente agradecida por ter me elucidado a dúvida maior: se é melhor ser fã ou ser artista. Chego à conclusão de que ambas são o suprassumo do *crème de la crème* das delícias humanas, a oitava maravilha do mundo. Agora me fogem da memória as outras sete, mas isso fica para uma próxima.

Eu gostaria mesmo de pelo menos provar de alguma maneira aos meus fãs o quanto sou grata, de verdade, pela existência deles. Tipo um documento registrado em cartório. Pensando bem, poderia ser falsificado. É duro morar num país em que poucos confiam na própria mãe. Perfeito mesmo seria se Deus, em pessoa, mostrasse o que acho deles num post, no feed das redes sociais, comigo e com meus pensamentos sendo automaticamente legendados. Putz, quem souber um dia dessas afirmações vai me achar piegas. Eu e minhas inseguranças. Sempre serei agradecida aos fãs e artistas do planeta Terra pela inspiração para esta piração. Desejo a todos eles uma vida e tanto. Fã e artista é tudo esquisito. Fã e artista é tudo Deus!

Então, vamos fazer a ponte. Tenho dois pequenos textos que escrevi sobre cada lado do rio.

Rita Lee

SER FÃ

Ser fã é foda.

É ser possuído por um estranho que você não pediu para encontrar, mas que invadiu sua vida por todos os sentidos pelo canto da sereia. É altamente provável que você nunca vá encontrar esse objeto de desejo frente a frente, como gostaria. Você paga para ver de longe um amor que nunca irá se consumar plenamente.

E continua pagando em busca dessa oportunidade inatingível.

É uma luta insana para não se decepcionar, às vezes com mediocridades, só pelo gostinho de se inebriar com pequenas genialidades do amor imposto.

É tentar ser cúmplice ignorado, mesmo quando se oferece o máximo por nada em troca.

É pensar ser o mais importante, o único, só para esquecer que está sendo traído por milhares tão ou mais fãs que você.

É amar sem ser amado. Padecer no prejuízo.

No desespero, é tentar ser de alguma forma alguém para se tomar um igual, nem que por segundos, tarefa geralmente impossível, mas não inatingível.

E entender que ser fã não é normal. Mas eu gosto.

SER ARTISTA

Ser artista é foda.

Mergulhamos no inconsciente coletivo em busca de pérolas para, com elas, ornamentar a vida do povo que mora na Terra. Munidos de delírios, partimos para os cafundós da alma e trazemos notícias sobre o elo perdido entre anjos e mortais. Somos aquele sonho que se voa sem asas, onde não há vertigem e o nonsense faz sentido. A sensação de roubar o fogo dos deuses vicia quem o faz e quem o recebe. Somos um bando de malucos assumidos, já sabemos que a roda foi descoberta e não inventada, que vai estar sempre girando, faça sol ou faça guerra.

E lá vai nossa caravana Rolidey pedindo passagem e já invadindo o pedaço, em alto e bom som da novíssima geração, junto com muito blush e batom de velhíssima geração, toneladas de luz, Che Guevara e Jesus. É a farra da Terra. Chega mais. Não tire crianças nem velhos do recinto. Somos boa gente e queremos te sequestrar só por alguns minutos de eternidade. Nosso hospício está liberado para entrada e saída, porque hoje é dia de rock, de teatro, de cinema, de novela, de circo sem bichos, de livros e do eskimbau a quatro.

Ninguém aqui veio a passeio. Desvendar mistérios não é coisa para almofadinhas. Temos saudades do futuro e tentamos voltar para o lugar de onde nunca saímos. Somos pedra, somos planta, somos bicho, mas principalmente somos pessoas envolvidas pelas vidas que já vivemos.

Ser artista não é normal. Mas eu gosto.

FIM

Agora, você vai virar o livro de cabeça para baixo e ir até a "última página" para ler os tipos "psicoilógicos" de fãs e ídolos.

Carmen Miranda nasceu Maria do Carmo. Luiz Maurício virou Lulu Santos.

Senor Abravanel virou o senhor Silvio Santos. Abelardo Barbosa foi mais conhecido como Chacrinha.

Waldemar Seyssel era o palhaço Arrelia.

Pixinguinha na certidão era Alfredo da Rocha Vianna Filho.

A eterna jovem Susana Vieira será que ainda atende o telefone como Sônia Maria Vieira Gonçalves?

Rita Lee

vista *Dectetive*. E seu marido Oswald de Andrade era Serafim Ponte Grande.

Urbano foi um ilustrador, mas seu ilustre nome se tornou Di Cavalcanti. Para driblar a censura, Chico Buarque foi Julinho da Adelaide.

Stanislaw Ponte Preta assinava, mas quem escolhia as "mais mais do Lalau" era Sérgio Porto.

Um tal de Emmanuel Vão Gogo não poderia ser outro além do genial Millôr.

Fábio Jr. nos seus vinte e poucos anos dava uma de cantor gringo sob o codinome Mark Davis.

Agora, vamos aos que trocaram o nome e acertaram na mosca:

Fernanda Montenegro. Nossa dama maior jamais poderia se chamar Arlette Pinheiro Esteves da Silva.

Bibi Ferreira também acertou. Imagine um cartaz de teatro de Abigail Izquierdo.

Será que Glória Menezes conquistaria Tarcísio com o nome de Nilcedes Soares?

Dolores, que significa dores, nunca seria Dercy, que sempre significará risos.

João Rubinato chegou atrasado na casa do Arnesto e mudou o nome para Adoniran Barbosa.

O MITO DO MITO

A simples Yvette Stevens preferiu o exótico Chaka Khan.

O clássico "Somewhere Over the Rainbow" talvez não fizesse tanto sucesso na voz de Frances Gumm, a maravilhosa Judy Garland.

Teria Archibald Leach o mesmo charme de Cary Grant? Constance Ockleman teria o mesmo mistério de Veronica Lake? Joseph Levitch teria a mesma graça de Jerry Lewis?

Adorei saber que o machão John Wayne tinha nome de mulher: Marion Morrison.

Natalie Wood jamais seria a namoradinha da América em plena Guerra Fria se descobrissem suas origens russas como Natalia Nikolaevna Zacharenko.

Pseudônimos-brazuquísticos

Aconteceram ocasiões em que os pseudônimos serviram mais como disfarces, talvez em tempos difíceis ou perigosos.

Entre 1944 e 1947, Nelson Rodrigues escolheu ser Suzana Flag para escrever novelas e folhetins.

Patrícia Galvão, nossa guerrilheira Pagu, se autodenominava King Shelter nos seus contos para a re-

Às vezes o problema estava no sobrenome. Maria, antes de ser Callas, era Kalogeropoulos.

Doris trocou seu noturno Von Kappelhoff pelo ensolarado Day. Em vez de Scicolone, Sophia escolheu o sensual Loren.

Outros mudaram rapidinho antes que algum fã se engasgasse pedindo autógrafo.

Declan Patrick McManus para Elvis Costello. Spangler Arlington Brugh para Robert Taylor.

Você consegue imaginar a pacata descendente de armênios Cherilyn Sarkisian usando os modelitos da Cher?

E tem os latinos que americanizaram a coisa. Concetta Franconero virou Connie Francis. Margarita Cansino virou Rita Hayworth.

Dino Crocetti virou Dean Martin. Ramon Estevez virou Martin Sheen.

Mas tem os que se desanglosaxonizaram para soarem mais exóticos. William Henry Pratt = Boris Karloff. Ruby Stevens = Barbara Stanwyck.

Alguns foram obrigados a mudar na marra porque já havia um homônimo no mesmo ramo. Michael Keaton, na certidão, era Michael Douglas.

Num passe de mágica, Ehrich Weisz virou Harry Houdini.

o MITO DO MITO

Caetano Veloso, que sabe e pode mergulhar fundo tanto em samba quando em rock — além do que, é um convidado disputado a tapas por nove entre dez eventos que precisam do prestígio de sua presença. O que falta é o artista-arroz de festa saber que personalidade não se compra na esquina, nasce-se com ela.

Ídolo-pseudônimo

Você é feliz com seu nome de batismo?

Vários famosos não são, e trataram de mudar antes de o sucesso lhes bater à porta. Alguns para melhor, outros nem tanto.

O nome Lucille LeSueur não soa ainda mais *"mommie dearest"* do que o inocente Joan Crawford?

Teria Tom Cruise sido aceito na cientologia se chamasse Thomas Mapother?

Anna Maria Italiano errou a mão quando trocou esse som retumbante pelo insosso Anne Bancroft.

Maurice Micklewhite virou Michael Caine e deve ter se arrependido de tanto ouvir o óbvio trocadilho *"my cocaine"*.

Greta Garbo, quem diria, era Greta Gustafsson, realmente nada garboso.

Rita Lee

sonâncias que funcionam dentro do piano para paten-
tearem, em 1942, o Sistema Secreto de Comunicação.

Artista-arroz de festa

Vamos deixar de fora as já tão manjadas figuras que
no espocar de um flash se arreganham para as câme-
ras. Falemos daquelas que estão em todas as ondas,
mas não são de nenhuma praia. Celebridades do mundo musical adoram essas coisas. Basta uma gravadora inventar um projeto de "encontros históricos" para
que nosso arroz de festa participe com sua simpática
disponibilidade. Que seja uma homenagem póstuma,
uma parada gay, um *revival* de banda dos anos 60, um
desfile em trio elétrico, uma boquinha num especial de
TV, uma inauguração de loja de discos, ou qualquer outro evento que possa significar estar *"in"*, para que o
solícito cantor(a) dê o ar de sua presença. Como não
faz parte do time dos calibres 5.0, no começo é consi-
derada uma pessoa extremamente generosa, mas com
o passar do tempo a galera do meio começa a sacar
que, ao chutar todas as bolas ao mesmo tempo agora,
nosso arroz de festa aos poucos vai se tornando alguém que tudo quer e nada tem. Nem todo mundo é

O MITO DO MITO

sentava no Rio de Janeiro, lá estava ela no gargarejo me jogando beijinhos, me dando presentinhos no camarim e eskimbau. Em temporadas mais longas, eu colocava a menina para dentro, calculando que sua grana não daria conta de pagar diariamente os ingressos. Não tenho ideia do que possa ter acontecido depois que a fez partir para o meu total extermínio nas redes sociais, escrevendo um monte de barbaridades sobre mim e sobre minha família.

Celebridade-gênio

Hedwig Eva Maria Kiesler nasceu em Viena, em 1913, e ainda bem jovem se casou com um comerciante de armas que mais tarde se tornaria colaborador dos nazistas. Por discordar do marido, fugiu para Londres e se consagrou em Hollywood com o nome de Hedy Lamarr. Dentre seus vinte e cinco filmes, o mais conhecido foi *Sansão e Dalila*, no qual fez par com Victor Mature. Poucos sabem que Hedy, além de belíssima, foi responsável, entre outras várias invenções, pela tecnologia da telefonia celular, assim como pela utilização das frequências de rádio para interceptar mísseis. Ela e seu amigo compositor George Antheil se basearam nas res-

Fã-barraco

É aquele que grita da plateia "Lindo! Poderoso! Tesão!", o que não deixa de envaidecer o ego do artista. Mas há também os fãs-Procon, que reclamam aos berros quando, por exemplo, um músico não canta determinada canção. Mas o pior de todos é o fã-bebum, que teima em ficar dando detalhe no meio do público e perturbando o ambiente. Aconteceu uma ocasião desagradável de um artista ficar trêbado e subir no meu palco. Além de dar uma amorosa chave de pescoço que me deixou dolorida por dias, o bafo da mardita quase me fez voltar para as sessões dos Alcoólicos Anônimos.

Fã-viúvo

É aquele que não substitui um ídolo morto por nenhum outro vivo. Fãs do Ayrton Senna, por exemplo. Sean Connery será para sempre *the one and only* James Bond; seus sucessores jamais terão o charme do original. Tem uma espécie de fã-viúvo que se transforma em fã-desafeto, que é bem diferente do fã-vira-casaca. Eu tenho uma dessas. Sempre que me apre-

o MITO DO MITO

bobear, aquele foge da jaula e bota outro no lugar. Algumas assim já passaram pela minha vida.

Cantor-que-não-consegue-ser-seu-próprio-cover

Essas espécies ganham tanta, mas tanta produção quando gravam discos, que, na hora de ir pro palco, viram um autocover da pior espécie.

Fã-enrustido

É aquele que diz não ter ídolo. Mentira. Todo mundo tem. Ou são os pais, ou algum professor, ou figuras religiosas. Há uns que chamam político de "mito"... Em tudo tem gosto para tudo. Em hospícios existem vários napoleões que são fãs ao menos de si mesmos. No fundo, os enrustidos não querem admitir que em alguma coisa existe alguém que é melhor do que eles. Mais terrível ainda é descobrir, muito tempo depois, ter sido fã da pessoa errada. Nesse caso faça um mea--culpa e busque um novo ídolo que fale ao seu coração. É tão bom ser fã.

Rita Lee

cortam em pedaços, com fãs radicais pós-Roberto. Queridos, eu sou esta mesma vaca tropicalista que desfila sem pudores por quaisquer avenidas musicais, não precisam me mandar para o abatedouro, mesmo porque posso muito bem fugir para a Índia, onde sou sagrada.

Mas o pior dos vira-casaca mesmo é o de futebol: basta o time perder algumas vezes seguidas, e lá vai ele se engraçar em outro galinheiro. Não conheci até hoje nenhum corintiano traidor da pátria. Somos renomados sofredores e, quando atravessamos uma fase péssima, a gente faz uma boa macumba para eliminar o técnico, o jogador-problema ou o diretor do clube.

Fã-hospício

É aquele cujo ídolo vira sua vítima. Se alguém chegar perto, ele mata. Tem um livro genial de Liz Greene, a papisa da psicoastrologia, que conta como o fã-vítima pode de repente virar um fã-perseguidor. Ela usa muito o termo "erotomaníaco" para descrever essa espécie que se alimenta de uma disfunção sexual entre o mundo interno e o externo. O bicho se sente tão prisioneiro da existência do artista que, se um dia este

O MITO DO MITO

tênis e camisa listrada. Ficava revoltado e com cara raivosa durante uma hora e meia. Voltava para o camarim, colocava sua roupa de grife e ia para os melhores e mais caros restaurantes da cidade, comer do bom e do melhor.

Fã-fé. Artista-pastor

Na área da fé, vemos bispos e bispas enchendo cofres com seus gospels em louvor a Jesus. Tiram dinheiro até daquele que não tem dinheiro. Eu me pergunto: onde é que essa gente enfia aquela passagem da vida do Mestre, quando expulsou os mercadores gananciosos do templo?

Fã-vira-casaca

Algumas moçoilas-direitetes hoje renegam a rainha Xuxa, que um belo dia resolveu mudar e fazer tudo o que queria fazer, mas ainda guardam suas fantasias de paquita no fundo do armário. Eu mesma às vezes me sinto em um açougue quando fãs radicais dos Mutantes me esquartejam, com fãs radicais de Tutti Frutti que me

Rita Lee

seguinte. Até Elis Regina, que gravava seus discos de ponta-cabeça de tão segura da perfeição de sua voz, no dia da estreia de um show entrava no palco tremendo. Em um momento como esse, eu, como fã-babona, porém próxima de Elis, jamais falaria de coisas que não fossem amenidades ou lhe faria uma massagem nos ombros.

Fã-fingido. Artista-enganado

Uma vez, uma atriz entrou no meu camarim e disse coisas lindas de como eu era a *one and only* que mudou sua vida, cujas músicas a fizeram ver o mundo de outra forma, e que em sua playlist só tinha músicas minhas. Achei bonitinha. Um dia, avistei a fã-fingida falando o MESMO texto, sem mudar uma vírgula, para outro cantor. Isso que dá confiar em ator, não é mesmo?

Fã-enganado. Ídolo-pseudo-engajado

No palco, e apenas no palco, esse ídolo age e se veste como sua plateia. Conheci um que fazia música amarga e, quando ia se apresentar, colocava jeans surrado,

Fã-flash. Artista-relâmpago

Segundos de brilho e, depois, adeus para sempre. Essa espécie procria-se especialmente no verão como a última sensação do Universo. Quando a fome de aparecer de um metido a besta se junta com a vontade de comer da mídia, surge um artista-relâmpago. Geralmente são os neoempresários os mais deslumbrados com o sucesso de seus neoclientes. O verão passa, e os relâmpagos entram no outono de suas carreiras. O fã-flash se muda rapidinho para outro.

Fã-babão. Ídolo-inseguro

Sei que existe artista que desenvolve o tal do "pânico de palco". Nem consigo imaginar como deve ser isso: eu, que sou tímida pra caramba, na hora H, quando entro no palco, fico toda sem-vergonha. Entretanto, a insegurança do artista pode pintar pra valer em estreias, seja de um show, peça de teatro, filme, novela, seja no lançamento de um disco, de um livro, e, pelo que sei, até nos desfiles de escolas de samba. E lá estará a crítica especializada tal qual um general Figueiredo pronto para mandar bater, prender e arrebentar no dia

E tome grifes de Milão, toalhas bordadas a ouro, mármores e lustres, cervejas do Egito, cardápios da Birmânia e sapatos, muitos sapatos. Fãs babam por Estrelaças, mas para esses pobres nem mesmo um tchauzinho na saída ou na entrada. Já vi artistas com mania de dar altos esporros e até porradas em subalternos. Esses aí não receberam qualquer tipo de educação na vida.

Não sou fã de artista que pronuncia seu santo nome na terceira pessoa, parece que já morreu e não sabe. E não entendo por que tantos se deslumbram a ponto de nunca mais beberem água de bica, só Evian. Posso garantir que nesta minha vidinha terrestre já testemunhei uma pá de Gretas Garbos que acabaram em Irajá.

Não se engane: Estrelaças de verdade se impõem com a coroa da majestade que lhes é inerente. O tom da fala hipnotiza cobras, e tudo pode ser resolvido com diplomacia. Essa rara espécie de Estrelaça, mais conhecida como mito vivo, faz questão de dar vários tchauzinhos na entrada e na saída, e trata bem os seus fãs.

O MITO DO MITO

Suspeitas permaneceram sobre o fetiche da tal sequestradora de absorventes. Quiçá o DNA da cantora fosse para raelianos o clonarem. Que emoção afinal seria essa de sentir em você o gelado de um sangue coagulado proveniente da xereca de outrem?

Fã-confuso. Artista-Confúcio

Uma carinhosa confusão é quando o fã chega no artista e diz: "Ei, sabia que você é meu fã número um?".

Fã-paga-pau. Artista-estrela

Agora, quando um astro dá para ser Estrelaça, saia da frente! Repito: na lista de camarim, sinceramente não preciso de muito para dar conta da minha manutenção existencial. Acontece que a lista de exigências dos camarins das Estrelaças, talentosas ou não, passou a ser um verdadeiro pesadelo para a produção local. A Estrelaça é viciada no que há de bom e melhor na vida e declara abertamente que gosta de tudo o que a realeza inglesa gosta. Danem-se fãs-plebeus, o trono é dela!

Rita Lee

Fã-sonhador. Artista-símbolo

Fã sonha muito com gente famosa. Eu sonho o tempo todo com meus deuses. Quando um se chega contando que sonhou comigo e fica com a carinha vermelha, dando sorrisinhos marotos, já sei que rolou alguma sacanagem lá.

Veja você que eu nunca havia dado muita atenção ao truculento Arnold Schwarzenegger, esse brutamontes que positivamente nunca animou minha periquita. Até que tive um sonho com ele de simbologia, digamos, um tanto carnal e nunca dantes navegada. Acordei a meio caminho de ser admiradora do cara, mas puxei os freios porque lembrei que era republicano.

Fã-problema. Artista-divã

Há o caso de uma famosa cantora brasileira ter sido perseguida até o toalete. No começo pensou ser uma fã-sapata atrás de aventura, então apenas ligou o automático. Ao lavar as mãos, porém, a famosa viu em câmera lenta os dedinhos da outra surrupiando seu tampax recém-dispensado na lata de lixo.

o MITO DO MITO

Fã-ET. Artista-identificado

Certos artistas são telepáticos e apreciam a comunicação silenciosa. O fã-marciano age com a sutileza de um beija-flor e desaparece assim como surgiu. No meu camarim já pousou muito fã-de-outro-planeta. Eu mesma sou fã de UFOS desde pequena. Que eu já vi, já vi. Em São Paulo. E em Brasília. E nas Chapadas. E em Natal. E em Belo Horizonte. Fiquem de olho nos céus, queridos.

12   *Fã-solteiro. Artista-casado*

Fica combinado que corre o risco de o fã-xiita odiar o cônjuge da celebridade, e não tem negócio na jogada. Por amor a Peter Pan, desejarei sempre o sumiço de Wendy. Um famoso que finalmente encontra sua famosa-metade pode ser lindo, mas incomoda muita gente. Quando o casamento de um deus acaba, o fã-vidente grita: "Eu sabia!".

Rita Lee

lebridade, às vezes me pondo no lugar dela, às vezes interpretando sua advogada de defesa, ou de acusação, varia de caso para caso. Artista é tela para toda projeção.

E nada melhor para a mídia do que a novela de famosos envolvidos em manchetes policiais, fim de casamentos escandalosos, prisões, crimes, adultérios. Ô coisa boa que é ver uma celebridade ir para o brejo.

Mudando o foco, me lembro agora da loucura que foi quando Carmen Miranda morreu nos Estados Unidos em circunstâncias pouco divulgadas na época, gerando boatos dos mais absurdos. Quando o corpo chegou ao Brasil, o povo ficou indignado porque a pequena notável estava supermaquiada no caixão. Desconfiaram que mandaram uma boneca de plástico para despistar os fãs brasileiros.

Acho correto e respeitoso o defunto-famoso estar devidamente produzido no seu derradeiro berço esplêndido. Quando eu morrer, façam o favor de observar se minha franja estará penteada durante o velório. Não se esqueçam de um blushzinho para aparentar saúde. Sobre meu caixão, se jogarem alguma bandeira, que seja a do Brasil, a da cidade de São Paulo ou a do Corinthians.

O MITO DO MITO

Ele é músico problema
Sola na pausa, rouba a cena
Só ele aparece
Só ele acontece
E leva lucro
É vira-lata
Persona non grata
Vive maluco
Bota fora!
Manda o cantor embora do grupo!

Tem gente que não suporta solos de guitarra. Eu adoro. Mas vamos deixar claro que o cara precisa ter um superhiper bom gosto harmônico e não entrar numas de mostrar com quantas mil notas por segundo se faz um solo. Muita técnica e nada de alma é chato. E guitarristas geralmente se consideram superiores a todos os outros músicos da banda. Segurar a franga desse ego infladão é um trabalho hercúleo.

Artista-tragédia. Fã-mídi.

Tem fã que adora ver desgraça de artista, tem fã que sofre. Eu gosto de acompanhar a tragédia de uma ce-

Rita Lee

dacinho do repertório deles para deixar seus saudosos fãs satisfeitos, não é mesmo?

Fã-farrão. Artista-guitarrista

Joe Cocker foi o infeliz inventor da insuportável "guitarra imaginária", a tal "air guitar". Implico com aquela atitude horrenda de ficar tocando o inexistente instrumento durante o solo de outrem com pose de quem está em êxtase. E por que certos guitarristas têm que fazer tantas caras e bocas quando solam? Será porque a guitarra tem forma fálica, é uma extensão do pênis, e, assim sendo, ao levantar as cordas, o saco está sendo apertado?

Imaginando-me na pele de um guitarrista maquiavélico que passa o tempo todo tramando contra seu maior rival, o cantor, escrevi "Músico problema". Eis um pedacinho dela, cuja moral da história é: no fundo, no fundo, todo guitarrista quer ser o ditador da banda.

Chega atrasado no ensaio
Desafina, perde o tom
Cria caso com o empresário
Cria clima com o técnico de som

O MITO DO MITO

sindo ou com espinhas na cara, não deixe nem entrar!".
Uma informação importante: nem sempre a casa onde
o artista se apresenta oferece um camarim confortável
para que receba seus fãs. Não sei se é assim em outras
áreas, mas, na musical, a gente vai parar em cada es-
pelunca que eu vou te contar...

Fã-famoso. Artista-cantor

Um conselho para o cantor/ cantora calibre que vai
assistir ao show de um cantor/ cantora: pega mal tentar cantar mais alto do que quem está no palco. O momento não é seu, o público não pagou para ouvir sua
voz, e você não vai conseguir roubar a cena.

*Fã-toca Raul, Fã-toca Legião, Fã-toca Cazuza... Espero
que um dia haja um fã-toca Rita*

No meio de uma apresentação, é muito comum ouvir
pedidos da plateia de músicas de bandas ou artistas
que já se foram: "Toca Raul! Toca Legião! Toca Cazuza!".
Não custa cantarolar, nem que seja à capela, um pe-

Rita Lee

Fã-roadie. Artista-artista

O fã-de-banda, em geral, merece um capítulo à parte. Acontece muito do fã-xiita de determinada banda virar roadie, quase sempre do baterista. O fã-roadie, no entanto, sabe tocar todos os instrumentos de todas as músicas de todo o repertório da banda. Substitui qualquer músico na eventualidade de uma overdose, por exemplo. O fã-de-banda quase sempre pertence a uma religião, daí que são grandes devotos e até trabalham de graça. Enquanto a banda viaja de avião, ele segue de buzanga na boa com a equipe de montagem. O cara é selvagem. Eventualmente dá ordens aos seguranças locais. Cão fiel e atento, é um traficante de confiança. E acontece muito de bandas roubarem roadies de outras, algo eticamente incorreto, mas compreensível.

Fã-mano. Artista-mané

Estude a situação antes que seu beijoqueiro interior saia desembestado em direção até o bicho famoso assim que abrem a jaula. Conheço um gênio do teatro que antes de receber amigos e fãs no camarim recomenda ao seu fiel escudeiro: "Se tiver alguém com gripe, tos-

pense aquela perguntinha besta questionando se é ele mesmo. "Você não é a Fernanda Montenegro?", pergunta o fã-sonso sabendo existir só uma no planeta. "Não, é a irmã gêmea dela, dããã".

Fã-inconveniente. Artista-severo

"Você se lembra de mim?" Artistas têm problemas para confessar que não se lembram. Certa vez presenciei a seguinte cena no camarim de uma famosa atriz que recebia felicitações dos amigos e do público: "Você se lembra de mim?", perguntou uma fã. O que aconteceu foi que a famosa não reconheceu o rosto de sua ex-psiquiatra, rolando uma situação pra lá de Salvador Dalí. Digamos que era uma tragédia grega do ego freude-se, jungue-se, lacaniane-se da fã-terapeuta-rejeitada em relação à expaciente. Vixi, aquele episódio me impressionou tanto que, depois de um desfecho desconfortável, confessei à atriz minha compaixão pela fã: "Custava muito dizer que você se lembrava dela e pronto?". No que ela me respondeu: "Me dei alta há séculos. Aquela mulher é que precisa de terapia". Artista adora terapia.

Rita Lee

pedir autógrafo sem papel e caneta. Um fã-escoteiro sempre alerta é ótimo, e artista aprecia quem aparece do nada com tudo nos trinques: papel, caneta e a câmera do celular já ligada para uma foto. A retribuição por tamanha consideração será recíproca.

Fã-educado. Artista-grosso.

É triste, mas existe. Quando artista dá de ser carcamano uma aura se manifesta. Não dá autógrafos, destrata o fã, faz cara de nojo. Tem uns que atiram objetos. Sugiro uma meditação para o artista-entojo: bonequinhos de vodu são utilizados, entre outras coisas, para castigar os pecados da soberba. Se o seu coração, caro famoso-escamoso, sentir uma agulhada, já sabe: você morreu. Fã-maltratado quando fica entalado parte para encruzilhada mesmo.

Fã-dãã. Artista-putz

Estando o fã na dúvida se o artista na sua frente é realmente aquele artista específico que acredita ser, é melhor nem se chegar. Se tiver certeza, então dis-

O MITO DO MITO

Fã-ponta-da-língua. Artista-esquecido

A memória ambulante desse fã é algo extraordinário. Sabe de coisas que o artista não sabe e lembra das que ele já esqueceu. Quando surge o assunto de determinado disco, por exemplo, o fã-enciclopédia é capaz de recitar o nome de todas as faixas de trás para a frente.

Descobri que Renato Russo foi um fã-ponta-da-língua meu quando nos cruzamos pela primeira vez no camarim de espera do programa do Chacrinha. Sabendo que viveu em Brasília, fiz a besteira de comentar sobre um show que havia feito lá no comecinho do Tutti Frutti e chutei umas bobagens só pra jogar papo fora. Mas eis que com uma expressão seriíssima Russo me enfrenta no ato: "Foi no Colégio Marista, no ano tal. Entre tais e tais músicas, você cantou 'Ready for Love', do Bad Company, e usou uma guitarra Fender Telecaster do ano tal. No bis, você cantou 'Ovelha negra' com uma cartola preta e tocou um violão Martin ano tal".

Fã-desligado. Celebridade-desplugada

O fã precisa ser sempre prático no quesito "como conseguir uma atenção do deus". Pega mal pra caramba

TIPOS PSICOLLÓGICOS DE FÃS E ÍDOLOS

Fã-pisando-nos-astros-distraído. Artista-palácio-
-das-perdidasilusões

É o fã monoteísta. Só existe seu deus, os outros deuses são pagãos e seus seguidores estão condenados ao mármore do inferno. Execra todos os artistas como se fossem bezerros de ouro, apenas seu ídolo é o verdadeiro profeta. Uma só igreja, um só altar, muitas velas. Eu, como fã, sou politeísta.

ATENÇÃO:

O livro começa do outro lado. Estas são as anotações de Rita lidas pelo dr. Eric von Kasperhauss no capítulo "1h: uma badalada". Volte para cá quando terminar de ler a história (ou faça como quiser). A propósito, este trecho do livro está de cabeça para baixo mesmo.